당신에게
　　멈추는
　　　　시간을
　　선물합니다

당신에게 멈추는 시간을 선물합니다

발행일	2023년 12월 15일

지은이	글빛현주, 김윤정, 김효진, 백란현, 서영식, 송슬기, 장미연, 장춘선, 정은정, 조보라		
펴낸이	손형국		
펴낸곳	(주)북랩		
편집인	선일영	편집	윤용민, 배진용, 김부경, 김다빈
디자인	이현수, 김민하, 임진형, 안유경	제작	박기성, 구성우, 이창영, 배상진
마케팅	김회란, 박진관		
출판등록	2004. 12. 1(제2012-000051호)		
주소	서울특별시 금천구 가산디지털 1로 168, 우림라이온스밸리 B동 B113~114호, C동 B101호		
홈페이지	www.book.co.kr		
전화번호	(02)2026-5777	팩스	(02)3159-9637

ISBN	979-11-93499-96-2 03810 (종이책)		979-11-93499-97-9 05810 (전자책)

(주)북랩 성공출판의 파트너

북랩 홈페이지와 패밀리 사이트에서 다양한 출판 솔루션을 만나 보세요!

홈페이지 book.co.kr • **블로그** blog.naver.com/essaybook • **출판문의** book@book.co.kr

작가 연락처 문의 ▶ ask.book.co.kr

작가 연락처는 개인정보이므로 북랩에서 알려드릴 수 없습니다.

당신에게
멈추는
시간을
선물합니다

내 안의 평온을 찾는 멈춤의 여정

글빛현주
김윤정
김효진
백란현
서영식
송슬기
장미연
장춘선
정은정
조보라

북랩

들어가는 글

매주 화요일 온라인 줌에서 강의합니다. 동료 작가는 강의하는 저의 모습을 캡처합니다. 캡처 사진은 블로그 강의 후기 글 쓸 때 활용합니다. 노트북 가까이 들이댄 얼굴, 말하느라 움직이고 있는 입 모양 등 사진마다 예뻐 보이지는 않습니다. 강의 마무리한 후 모인 사람들과 기념사진을 찍습니다. 손으로 하트를 그리기도 하고 책을 한 권 들어 보이기도 합니다. 포즈를 취하고 '멈춘' 상태에서 찍은 사진은 마음에 들더군요. 사진 찍을 때 '멈춤'은 숨 고르기이자 여유입니다. 사진까지 잘 나오니 기분 좋습니다.

  책 쓰기 무료 특강을 한 후 책을 써보라고 권했습니다. 무료라서 들어온 것인지, 책 쓰기에 관심이 있어서 들어온 것인지 알 수 없지만, 저자가 되어보라는 말에 "지금은 바빠서 시작 못 해요. 다음 기회에 연락드릴게요."라고 답합니다. 바쁜 와중에 시간을 내어 강의에 참여해 주어서 고맙기만 합니다. 어쩌면 이들도 저처럼 강의 듣는 시간이 일상을 잠시 '멈추는' 방법이지 않을까 예상해 봅니다.

2024년 비전 선포식에 참여하기 위해 KTX에 올라서 자리를 찾아 앉았습니다. 플랫폼에 서 있으면서도 학부모와 통화를 했었습니다. 열차 안에선 통화가 어려우니 '멈춤'을 선물 받았습니다.

무슨 일로 이동하는지는 알 수 없으나 제가 탄 10호차에 빈자리가 없는 것을 보면 다들 바삐 움직이는 것 같습니다. 출장 갔다가 복귀하는 사람, 여행 가는 사람, 병원 가는 사람 등 다양할 테지요.

열차로 이동하는 동안에는 방해받지 않고 오롯이 멈추는 시간으로 쓰면 좋겠는데 쉽지 않습니다. 스마트폰 메모장에 글 몇 문장 쓰다가 멈추었습니다. 옆에 앉은 사람은 과자를 맛나게 씹어댑니다. 과자 비닐봉지 소리도 제법 크더군요. 그러다 잠시 후 통화를 합니다. 업무와 관련된 내용 같습니다. 평소 같았다면 열차 안에서 조용히 해야 하는 게 아닌가, 승무원을 불렀겠지요. 서울말 하는 사람들은 통화 소리도 나름 들을 만하네요. 불편하게 다가오지는 않았습니다. 멈추기로 마음먹어서 그런가 봅니다.

출근길 뛰어갑니다. 세 개의 횡단보도를 건너야 합니다. 신호등이 녹색불로 바뀌는 타이밍 맞추려니 쉽지 않습니다. 열심히 달려왔건만 8차로 횡단보도 신호등이 건너기 직전 빨간색으로 바뀌어 버립니다. 조금만 더 순발력 있었다면 건너갔을 텐데요. 짧은 다리가 아쉽게 느껴집니다. 길 건너편에 보이는 학교 건물과 하늘을 바라봅니다. 얼마 만에 위를 쳐다보는 걸까요. 멈춘 발걸음 덕분에 조급한 마음도 다소 진정됩니다. 하늘을 바라본 제 마음처럼 아이들도 환하게 웃었으면 좋겠다고 생각해 봅니다. 나부터 웃어야겠지요. 웃는 연습도 해봅니다. 멈춤 덕분에 얻은 여유입니다.

열 명의 작가는 두 번째 한마음 공저 집필에 나섰습니다. 함께한 시간만큼 우리에게는 끈끈한 정이 있습니다. 각자 처한 상황도 잘 알고 있고요. 직장인으로서 지방 출장이 잦아 열차 안에서 글 쓰는 작가, 학교에서 학생들을 가르치는 작가, 병원에서 환자를 돌보는 작가, 내담자를 세상에 다시 세우는 상담 선생님, 가정을 돌보며 글쓰기 전념하는 작가 등. 공저 프로젝트 주제를 받았을 때 우리는 머리가 하얘졌습니다. 각자 사회적 위치에 서기 위해 누구보다도 분주하게 살아가고 있거든요. 우리에게 '멈춤' 키워드를 제시한 이유는 무엇일까요. 난감했습니다. 어쨌든 공저자들에게도 멈춤이 필요하다는 것쯤은 알고 있었습니다.

우리는 '멈춤 전문가'로서 나를 돌보고 주위를 살펴왔던 자들이 아닙니다. 주제를 받은 후 책을 쓰기 위하여 멈춘 순간을 되돌아봅니다. 처음부터 전문가는 아니었습니다. 쓰면서 멈춤 전문가가 되어갑니다. 그래서 공저자들은 독자와 더 친밀도가 높다고 생각합니다. 반드시 독자를 도와야 하니까요. 일상에서 어떻게 하면 번아웃 오지 않게 나를 위하고 독자의 삶에도 보탬이 될까에 대한 연구가 시작되었습니다.

'지금 죽는다면 가장 후회할 것은 무엇일까?' 이런 질문 던져 본 적 있습니까? 바쁘다는 핑계 대지 말고 진작 여행 갈걸, 부모님 자주 뵈러 갈걸, 책 좀 더 많이 읽을걸, 가족에게 사랑한다고 표현할걸 등. 후회할 내용을 나열해 보니 이것은 바로 멈춤의 도구였습니다.

가끔은 고개를 들고 저와 당신에게 멈추는 시간을 선물합니다.

1장 「멈추는 시간이 필요한 이유」에서는 살면서 사람들이 왜 멈추는 시간이 필요한지 고민했습니다.

2장 「멈추면 어떤 일이 벌어지는가」에서는 멈춰서 자신을 돌아보면 어떤 좋은 점이 있는지 경험 중심으로 나열하였습니다.

3장 「멈추고 나서, 나는 좋아졌다」에서는 책을 쓰면서 변화된 작가들을 만날 수 있습니다. 독자에게 살아있는 글을 전하기 위해, 공저 집필을 시작하면서 자신만의 방법으로 실제로 멈춰보았습니다.

4장 「당신에게 멈추는 시간을 선물합니다」에서는 독자들이 멈추는 시간을 가지면 무엇이 달라지는가에 대해 열 명 작가별 '멈춤 노하우'를 담았습니다.

공저를 읽으면 공저자 열 명을 한자리에서 만나는 기분이 듭니다. 독자마다 삶의 방식이나 가치관이 다르겠지요. 책을 읽어보신 후 나와 잘 맞는 방법의 '멈춤 노하우'를 가져가시기 바랍니다. 읽어보신 후 이 정도는 나도 하는 방법이야, 나의 방법 알려주겠다는 마음으로 작가와 소통하셔도 좋겠습니다. 이것이 바로 북토크이지요.

"나는 무언가를 이루기 위해 열심히 노력하지만 잠시 멈출 줄
도 아는 사람이다."

—「자아 선언문」 중에서

이 책을 들고 있는 지금, 독자들도 멈추는 시간이길 바랍니다.
행복한 오늘을 응원합니다.

백작 白作
백란현

$$\overbrace{\qquad\qquad\qquad\qquad}$$

차례

2장 멈추면 어떤 일이 벌어지는가

3장 멈추고 나서, 나는 좋아졌다

4장   당신에게 멈추는 시간을 선물합니다

1장

멈추는 시간이

필요한 이유

1-1.
뭐가 좋아졌나요

글빛현주

　　책상 앞에 앉아 숨을 고른다. 컴퓨터 모니터를 본다. 조용한 방, 눈을 감고 숫자를 센다. 하나, 둘, 셋, 넷….복식호흡을 한다. 천천히 숨을 들이마신다. '후' 소리를 내며 들이마신 숨보다 조금 더 길게 내뱉는다. 아직은 숨이 짧아 연습이 필요하다. 한 손은 가슴에 한 손은 배에 올려놓았다. 몸의 변화를 느낀다. 같은 방법으로 서너 번 반복한다. 오늘도 정신없이 달려온 나에게 잠시 멈춤의 시간을 만들어 준다. '오늘은 뭐가 좋아졌을까.'

　　하나, 둘, 셋! 동시에 몸을 벌떡 일으켜 세운다. 이불을 돌돌 말고 '5분만 더!'를 외치는 내게 숫자를 세며 일어나는 것은 좋은 방법이다. 눈을 비비며 화장실로 간다. 찬물로 시원하게 세수한다. 뚝뚝 떨어지는 물, 부드러운 수건으로 톡톡 두드려 닦는다. 고개를 들어 거울 속 나를 마주 본다. 눈에 힘이 들어갔다. '얼음

물 좀 덜 마실걸….' 퉁퉁 부은 얼굴, 기차역에서 먹었던 김이 모락모락 오르는 가락국수가 생각난다. 갱년기 시작으로 시도 때도 없이 오르는 열, 불편했다. 수시로 창문을 여닫는다. 언제까지 이렇게 불편해야 하는 건지. 나도 모르게 인상을 썼다. '이현주! 또 뭐가 불만이야.' 툴툴거리고 싶은 마음을 돌돌 말아 손가락으로 튕겼다. 일부러 입꼬리를 살짝 올려본다.

"수정아! 학교 가자!"

매주 화요일, 딸과 함께 집을 나선다. 2023년 우리는 선문대학교 동문이 됐다. 언제 이렇게 자랐는지, 운전하며 곁눈질로 힐끔거렸다. 아무리 봐도 나보다 낫다. 어느 날 갑자기 정신을 차려보니 '가을이네!' 하는 것처럼, 훌쩍 자란 딸이 신기하다. 교복을 입고 학교에 다닐 때가 엊그제 같은데…. 허전한 마음도 들지만 잘 자라주어 뿌듯하다.

나는 대학원에서 심리 상담을 공부한다. 어렵다. 전공이 달라 남들보다 두 배는 더 노력해야 하는데 쉽지 않다. 이해가 안 되니 집중하기 힘들다. 낯선 용어에 발음까지, 자꾸 딴짓하게 되는 거다. 울리지 않는 핸드폰이 궁금했고, 관심 없는 연예 소식도 보게 됐다. 몸은 강의실에 앉아 있지만, 정신은 외출 중. 아이들 마음이 조금은 이해됐다. 그럼에도 어떻게든 끝까지 해보자, 노력하자고 마음먹었다.

첫 수업은 12시 30분에 시작한다. 집에서 학교까지 보통 30분, 서둘러 출발한다. 강의실 창가에 좋아하는 자리가 있다. 바람도 잘 들고, 햇볕도 따스하다. 붙박이장처럼 한자리만 고집했다. 자리도 사람도 익숙한 게 좋았다. 누군가에게 나를 내보이

당신에게 멈추는 시간을 선물합니다

는 것, 자신 없고 불편했다. 상담을 공부해도 사람 관계가 왜 이렇게 어려운 건지. 머리와 어깨가 무겁다. 내 생애 학생으로 보내는 마지막 학기다. 벌써 끝이라니. 서운한 마음과 허한 마음이 넘실거린다.

80세까지 일하고 싶었다. 기계가 대신할 수 없는 일, 건강하다면 오랫동안 할 수 있는 일, 상담이라고 생각했다. 100세까지 사는 거 무섭지 않았다. 하지만 돈도 없고 몸이 아프다면? 심란했다. 아이들에게 남겨줄 재산이 있는 것도 아니고, 그저 아이들이 원하는 삶을 살면서 행복했으면 좋겠다고 생각했다. 짐이 되기 싫었다. 80세까지 일해도 100세까지 산다면 20년은 놀고먹어야 한다. 과연 장수한다는 건 축복일까, 저주일까. 떼돈을 버는 게 아니라도 꾸준히 일하고 싶었다. 나이가 들어도 할 수 있는 내 일을 찾고 싶었다. '까짓것 공부하면 되지. 못할 건 또 뭐야.' 괜한 말로 겁나는 마음을 숨겼다.

"뭐가 좋아졌나요?"

'이게 무슨 말이야. 뭐가 좋아졌냐고?' 수업 첫날 교수님이 물었다. 어리둥절했다. 강의실을 둘러보니 다른 사람들은 이미 익숙한 듯 돌아가면서 이야기를 시작했다. 귀를 기울였다. 지난 일주일 동안 일어난 소소한 사건들. 그 일들을 경험하면서 내가 조금이라도 좋아진 점, 나아진 것에 대해 말하는 것이었다. '아니, 좋아진 게 있어야 대답하지.' 난생처음 듣는 질문. 얼굴만 붉어졌다. 지난주에 뭘 했는지 기억도 안 나는데, 좋아진 점은 어떻게 찾냐고. 바쁘게 눈을 굴렸다. 수업이 반복될수록 매주 듣는 질문이 신경 쓰였다.

이번 주에는 또 무슨 얘기를 하나. 학교로 가는 차 안에서 계속 생각했다. 감정의 변화, 감사와 행복한 순간을 기억하려고 애썼다. 그러다 보면 잊었던 일도 기억났다. 화가 나거나 짜증이 나는 일도 떠올랐다. 내 감정을 있는 그대로 인정하는 것이 중요하다고 했다. 하지만 쉽지 않았다.

아침에 일어나 씻고, 밥 먹고, 일하고. 종일 바쁘게 돌아다니다가 집에 돌아와 씻고, 먹고 잔다. 그게 끝인데. 나름대로 열심히 살고 있다고 생각했다. 그런데 나이가 들수록 마음엔 찬 바람만 불어와서 휑했다. 갱년기 때문에 그런 거라고, 다들 그렇게 지나간다고. 나에게 무심했다. 더 바쁘게 사는 게 쓸데없는 생각을 안 하는 방법이라고 믿었다.

이런 게 좋아진 건가? 이것도 좋아진 거라고 말할 수 있나? 아주 작은 변화라도 괜찮다고 했다. 생각을 반복할수록 지난 일주일이 사진첩 넘기듯 한 장, 한 장 떠올랐다. 질문에 답을 찾는 그 시간, 잠시 일상을 멈춤으로써 좋아진 것에 집중하게 되었다. 그러다보면 지금보다 조금 더 나은 내가 될 수 있는 방법도 찾을 수 있었다.

다들 각자의 시간을 보내고 있는 밤. 커피 한 잔을 준비해 책상 앞에 앉았다. 창문을 열고 코로 숨을 들여 마신다. 하나, 둘, 셋, 넷…. 들이마실 수 있는 만큼 최대한 깊이 들이마신다. 그리고 잠시 멈춘다. 속이 시원해질 때까지 내뱉었다. 몇 번 반복하면 마음이 편해졌다. 모니터 한 귀퉁이에 붙인 노란색 포스트잇. '뭐가 좋아졌나요?'

뜻밖의 질문에서 나를 마주하게 됐다. 덕분에 그냥 흘려보낼 오늘을 천천히 되짚어 본다. 누가, 언제, 어디서, 무엇을, 어떻게, 왜…. 중요하다고 생각되는 것은 '왜?'라는 질문이다. 왜 그렇게 생각했을까, 왜 그렇게 행동했나, 왜 그렇게 말했을까. 왜….

열이면 열, 사람들은 비슷한 듯 달랐다. 나와 다른 사람들을 이해하려고 애썼다. 욕심이었다. 내가 나를 이해하는 것도 어려운데 남을 이해하려고 하다니. 다른 사람을 신경 쓰느라 내 마음은 돌보지 못했다. 질문과 멈춤을 반복하면서 점점 나에게 집중하는 시간이 늘었다. 조금씩 나를 이해할 수 있게 되었고, 있는 그대로 바라볼 수 있게 되었다. 타인의 실수에는 그럴 수 있다고 너그럽게 위로하면서, 정작 나에겐 '너는 그러면 안 되지.'라고 몰아세웠다. 후회되는 날도 많았지만 그럼에도 좋아진 것, 잘한 것에 더 집중하게 됐다. 하루에 한 번 "뭐가 좋아졌나요?"란 질문에 답을 찾는 '멈춤의 시간'이 나를 성장하게 했다.

1-2.
도서관 가는 길

김윤정

바다로 간다. 책들이 파도처럼 넘실거리는 도서관은 나에게 바다와 같다. 오늘은 아들 코딩 수업이 있는 날이다. 저학년이었던 아들은 주말마다 동화책을 읽으려고 도서관에 뛰어갔었다. 고학년이 되고부터 책보다 스마트폰을 더 가까이한다. 책을 먼저 찾던 예전 모습을 다시 볼 수 있을까 해서 일요일에 있는 이 수업을 신청했다. 차로 5분 거리에 있는 도서관을, 웬일인지 걸어가고 싶었다. 어떤 이야기를 담은 바다를 만나게 될까 설레는 마음을 안고 집을 나섰다.

아들은 도서관 가는 지름길을 알고 있다며 들키면 안 될 비밀을 전하듯 내 귀에 대고 소곤거렸다. 비밀 요원이라도 된 것처럼 눈을 크게 뜨고 여기저기 자꾸 살폈다. 미로 같은 골목길을 앞장서서 걸어갔다. 뒤돌아보며 나에게 따라오라고 손짓했다.

길가에는 국화꽃이 심겨 있었다. 예전에는 보지 못했던 꽃길

당신에게 멈추는 시간을 선물합니다

이다. 조명등도 길옆으로 설치되어 있었다. 담벼락에는 함안군 꽃길 가꾸기 사업에서 우리 마을이 3등으로 선정되었다는 축하 현수막이 크게 걸렸다. 누군가의 손길로 만들어진 길을 나는 아무런 대가도 지불하지 않은 채 걷고 있다. 여기로 들어서지 않았다면 정성이 담긴 이곳을 지나쳤을 것이다. 어서 오라는 듯 걸어갈수록 국화꽃 향기가 짙어졌다. 미로처럼 복잡하기만 한 길인 줄 알았다. 예상하지 못한 결과를 접하면 감동이 몇 배나 더 밀려오듯이, 상상하지 않았던 풍경을 만나 입에서 감탄사가 자꾸 터져 나왔다.

모퉁이에 이용원이 보였다. 허름해 보이는 입구 옆에는 삼색 등이 빙글빙글 돌아가고 있었다. 식당이었던 자리는 브랜드 커피숍으로 바뀌어 있다. 친구들은 내가 살고 있는 마을을 시골이나 촌이라고 놀렸다. 전깃불은 들어오는지, 버스는 다니는지 웃으면서 장난쳤다. 이제는 꽃길을 걸으며 따뜻하고 고소한 커피를 마실 수 있는 곳이라 당당하게 자랑할 걸 생각하니 미소가 지어졌다. 자동차를 운전하며 도서관에 갔다면 지금 느끼고 있는 이 마음을 들여다보지 못했을 것이다. 단 몇 초에 지나가는 차창 밖 풍경을 그저 멍하게 바라보고 있었을지도 모른다. 멈춰 서서 천천히 주변을 바라보니, 내가 놓치고 있었던 것들이 눈에 들어왔다. 예전에도 이런 기분을 느껴본 적이 있다.

간호대학 졸업 후 바로 취직했다. 물질적으로는 만족하며 지냈지만, 또 다른 복병이 기다리고 있었다. 연차가 쌓이고 임상 생활에 익숙해질 무렵, 가족뿐만 아니라 지인들이 나에게 아프다고 호소하기 시작했다. 키우는 강아지까지 이상하다며 어떻게 해야 하는지 물었다. 나는 "의사가 아니다."라고 말해도 소용 없었다. 병원으로 가면 될 일을 굳이 나를 붙들고 이야기했다. 업무가 끝남과 동시에 어떤 말도 하고 싶지 않았다. 일상이 직장의 연장선처럼 느껴졌다. 감기에 걸려도 주사를 맞아가며 일했다. 삼교대 근무로 몸은 지쳤지만 제대로 쉴 수 없었다. 나날이 스트레스가 쌓였다. 사람 살리는 직업이라고 하면서 정작 나는 시들해졌다.

오전 근무하는 날이었다. 전날부터 배가 아팠지만 대수롭지 않게 생각하고 출근했다. 체한 것처럼 윗배가 더부룩해서 인계를 마치고 소화제를 먹었다. 점심은 당연히 걸렀다. 허리를 펴면 오른쪽 아랫배가 당겨 살짝 구부린 채로 8시간 동안 병동을 뛰어다녔다. 배가 점점 더 아파져 왔고 미열도 나기 시작했다. 혹시나 몰라 오른쪽 아랫배를 살짝 눌렀다가 뗐다. 뗄 때 아픈 걸 보니 맹장염이 의심될 때 나타나는 반사통인 것 같았다. 근무를 마치고 일반외과로 가서 초음파검사를 시행했다. 예상했던 대로 맹장염이었다. 수술실로 들어간 것까지 기억나지만, 눈을 떴을 때는 이미 병실로 옮겨진 후였다. 의사는 드라마 속에 나올 법한 "조금만 늦었으면 큰일 날 뻔했다."라는 식상한 대사를 나에게 말했다.

이 일이 벌어진 이후에도 나는 자신을 돌볼 시간조차 내지 않았다. 책임이라는 압박으로 인해 쉬지 않고 달렸다. 아팠던 순간에도 내가 진정으로 원하는 것이 무엇인지 애써 외면했다. 일상에서 얼마나 많은 것을 놓치며 살고 있는지 이때까지 알지 못했다. 결국 결핵까지 나를 덮치고 말았다. 결핵균은 임파선을 타고

당신에게 멈추는 시간을 선물합니다

왼쪽 목 옆에 염증을 만들었다. 욕심쟁이 혹부리 할아버지처럼 한 개였던 말랑한 덩어리는 두 개가 되었다. 피부를 찢어 고름을 뽑아냈다. 염증은 계속해서 재발하였다. 끝내 간호사를 그만둘 정도로 몸이 약해졌다. 내 목에는 아직도 손상된 피부의 흔적이 선명하게 남아있다.

몸이 조금씩 회복되면서 나는 등산을 시작했다. 꼭 정상이 아니더라도 천천히 올라갈 수 있는 적당한 장소를 골랐다. 제일 처음 선택한 장소가 우리 동네에 있는 장수방폭포다. 금방 도착한다는 지인들 말에 안심하고 산길을 선택했다. 한 시간 동안 걸어도 폭포는 보일 기미가 없었다. 하산하던 등산객이 조금만 더 올라가면 된다고 말했다. 그 후 삼십 분을 올라갔지만, 여전히 보이지 않았다.

그러다 편백나무 숲을 만났다. 고개를 들어 하늘 높이 뻗어 있는 나무를 보았다. 잎사귀 사이로 비치는 햇빛에 눈이 부셨다. 피톤치드 향이 진하게 풍겼다. 벤치에 앉아 숨을 깊이 들여 마셨다. 흔들리는 나뭇잎 리듬에 맞춰 이름 모를 새소리가 들려왔다. 등줄기에 맺힌 땀방울이 시원하게 흘러내렸다. 온전히 나 자신에게 집중할 수 있었다. 보이지 않는 폭포보다 내가 앉아 있는 숲에 머물고 싶었다. 산길을 올라오면서 짜증 섞인 감정이 어느새 평화로운 호수같이 잔잔해졌다.

등산하면서 들었던 '금방', '조금'이라는 단어는 정상에 도착하는 시간이나 거리의 개념이 아니었다. 넉넉하고 차분해지는 마음에 곧 도달한다는 상태를 나타내는 것이었다. 목적지를 향해 급하게 걷기만 했다면 내가 느끼는 감정을 들여다보지 못했을 것이다.

마음을 자세히 들여다보기 위해서는 질주보다 멈춤이 필요하다. 속도와 도달이 중요한 것이 아니라, 편안함을 찾기 위해 풍경을 음미한다. 일상에는 분명 우리가 알아차리지 못한 중요한 것들이 기다리고 있다. 소중한 것은 주변에 가까이 있다. 이것을 발견하기 위해서는 마음과 발걸음을 멈추는 용기가 필요하다. 과거의 경험과 도서관으로 가는 길에서 만난 보물 같은 풍경들이 또다시 풍요롭고 긍정적인 마음을 가질 수 있게 해 주었다.

도서관에 도착했다. 수업이 시작되려면 아직 5분이나 남았다. 높은 언덕에 있는 이곳에서 방금 걸어왔던 길을 내려다보았다. 멈춰 서서 놓친 것은 없었는지 다시 눈 안에 담아본다.

당신에게 멈추는 시간을 선물합니다

1-3.
멈추는 순간 다시 시작할 수 있다

김효진

안데르센 동화 『빨간 구두』를 읽었다. 주인공인 어린 소녀 카렌은 아름다운 빨간 구두에 마음을 빼앗겼다. 엄마는 검은 구두를 사길 원했지만, 카렌은 빨간 구두를 고집했다. 교회 갈 때도 하물며 장례식에서도 빨간 구두를 신었다. 주위 사람들이 비난했지만, 빨간 구두를 포기하지 않았다. 결국 구두가 벗겨지지 않는 저주에 걸려 계속 춤을 추게 되었다. 아프고 힘들어도 멈출 수가 없었다. 가시밭길을 지나면서 온몸이 찢기고 상처가 생겼다. 자기 발을 자르고 나서야 카렌은 저주에서 벗어날 수 있었다. 이 이야기는 욕망을 멈추지 못하면 자신까지 잃어버린다는 것을 알려준다. 만약 자기 행동을 조절하고 가족과 주위 사람들의 말을 들었다면 어땠을까.

지방 전문대를 졸업한 후 서울로 올라왔다. 부모님의 싸움이 지겨워 도피행으로 서울을 선택했다. 양팔을 펴면 벽이 닿고 창도 없는 고시원에서 지냈다. 당산동에 있는 직업전문학교에서 웹 디자인을 배웠다. 생활비를 벌기 위해 홍대 호프집 알바도 했다.

용산에 위치한 가전제품 쇼핑몰 회사에 취업했다. 말이 웹디자이너지, 사실은 일꾼이었다. 계절마다 쇼핑몰 디자인을 새로 작업했다. 신상품이 출시되면 상세 페이지 만들고, 주문을 받았다. 진상 고객들을 하루에 몇 번씩 응대해야 했다. 나보다 큰 상자를 밀어 가며 가전제품 재고도 일일이 다 확인했다.

제일 먼저 출근해서, 아무도 없을 때 퇴근했다. 내가 시간을 투자할수록 제품이 잘 팔렸다. 사장을 포함해 셋이었던 회사는 매장을 만들고 직원이 열한 명까지 늘었다. 판매될 상품이 산더미처럼 쌓였다가 택배 차량에 모두 실려 나갔다. 택배 보내는 재미가 느는 만큼 회사는 커졌다. 출퇴근하는 시간마저 아까웠다. 왜 이렇게 열심히 하냐며 적당히 하라는 소리도 들었다. 얼마 후 나는 살고 있던 고시원보다 두 배나 큰 곳으로 옮겼다.

"사장님! 오늘 매출 최고예요! 어제 두 배입니다!"
"그래? 효진, 최고야, 잘했어!"
평소보다 매출이 좋았던 그 날, 취업 이후 처음으로 사장님의 칭찬을 받았다. 사장님은 매일 화난 사람처럼 미간에다 내 천 (川) 자를 만들었다. 커다랗고 어두운 원목 책상에 팔꿈치로 턱을 괴고 있던 사장님은 엄지를 치켜들었다. 곰처럼 큰 체구로 최고라고 웃어주니 왠지 희열을 느꼈다. 계속 달렸다. 멈출 줄 몰랐다. 계속 인정받고 싶다는 욕망이 두 눈을 가렸다. 멈추지 않을 기관차가 운행을 시작하던 날이다.

당신에게 멈추는 시간을 선물합니다

그러던 어느 날, 전화가 계속 울려 잠에서 깨어났다. 제대로 눈을 뜰 수 없었다. 겨우 이불을 뒤적거려 전화를 찾아 화면을 보았다. 평소 나를 잘 챙겨주던 이사님이었다.

"뭐 해? 아침부터 전화를 몇 번을 해도 받지를 않고, 제일 일찍 오던 놈이 출근도 안 하고, 12시가 넘었는데 연락이 없어. 여보세요?"

목소리가 나오지 않았다. 겨우 '네.'라고 대답했다. 허스키한 목소리가 전화기를 타고 흘러갔다. 어디 아프냐는 이사님의 말 한마디에 울컥 목이 메었다. 이사님은 직원명부에 있던 고시원 주소를 보고 나를 찾아왔다. 방 호실을 몰랐던 이사님은 고시원 총무에게 사람 죽는다며 열쇠를 받아 문을 따고 들어왔다. 손가락 하나 까딱하지 못하는 나를 데리고 병원으로 갔다. 사실 이날 병원을 어떻게 갔는지 기억이 잘 나지 않는다. 눈을 떴을 때 나는 병원 침대에 누워 수액을 맞고 있었다. 급성편도염과 영양불균형이라는 의사의 말이 정신없는 와중에도 또렷하게 들렸다. 이날 이후 지금까지 몸이 좋지 않을 때마다 편도와 기관지가 말썽을 부린다. 그때 갈라진 혀는 아직도 완전히 회복되지 않았다. 아침마다 칫솔질하면서 확인한다. 스스로에 대한 경고다.

잘하고자 하는 열망, 더 많이 갖고 싶은 갈망, 끝나지 않는 슬픔, 수명에 대한 집착, 예뻐지고 싶은 욕망 등 영화나 책에서 이 모든 것들을 멈추지 못해 일어나는 이야기를 많이 다룬다. 멈추어야 한다. 그래야 다시 시작할 수 있다.

전력 질주하던 마라토너가 멈추지 않고 계속 달리기만 한다면 어떻게 될까. 자동차 내비게이션에 목적지를 잘못 설정한 채 운전만 한다면, 화를 내는 사람이 멈추지 못하면, 비행기가 날기만 한다면, 땅에 농작물을 심기만 한다면 어떻게 될까. 당연하게도 우리는 끝을 예상할 수 있다. 마라토너는 쓰러지고 자동차는 목적지에 도착할 수 없다. 화만 내다 불행해지고 비행기는 추락해 버릴 것이다. 심기만 하면 쓸모없는 땅이 되어버릴 수 있다. 삶도 멈추지 않으면 이와 같다.

우리는 멈추는 시간을 가져야 한다. 그 이유를 세 가지로 정리할 수 있다.

첫째, 목표를 재확인하고 방향을 선택하기 위해서다. 빠르게 전진하면서도 때로는 내가 향하려는 목표를 잊어버리곤 한다. 그때마다 멈추어 다가가는 길을 다시 한번 생각하고, 내 안에 있는 목표에 집중할 필요가 있다.

둘째, 에너지를 회복하고 재충전하기 위해서다. 삶은 끊임없는 도전과 변화로 가득하다. 그 속에서 자신을 지켜내기 위해서는 가끔은 멈추고 숨을 돌리는 것이 필요하다. 다시 시작할 에너지를 채우는 것이다.

셋째, 자신의 욕망과 감정을 조절하기 위해서다. 흔히 놓치기 쉬운 자기와의 소통. 멈추는 순간, 내 안의 소리에 귀 기울이고, 습관처럼 올라오는 감정들을 조정해 나갈 수 있다.

멈추는 일은 포기가 아니다. 다시 제대로 출발하기 위한 준비다. 이 작은 쉼표는 우리에게 목표 방향을 잡고, 에너지를 회복하며, 삶을 더 즐길 기회를 준다. 목표에 빠르게 도달하려면 계

당신에게 멈추는 시간을 선물합니다

속해서 달리는 것만이 아니라, 때로는 잠시 멈추었다가 다시 달리는 것이 필요할지도 모른다.

그러기에 나는 지금 멈춘다.

1-4.
영역별 멈춤의 시간

백란현

컴퓨터 앞에서 하루를 시작한다. 출석부와 교단일지를 연다. 수업 중에는 피피티와 동영상을 자주 사용한다. 문서 작성, 성적 처리, 업무 연락 등 종일 컴퓨터를 활용한다. 퇴근 후에는 책 쓰기 특강 준비와 강의로 바쁘다. 스마트폰도 자주 들여다본다. 보안 로그인 인증도 하고 카톡, 블로그 등 SNS도 자주 확인한다. 바빴던 하루는 금방 지나간다.

선생님들은 10월 행사로 영화 관람을 기획했다. 날짜를 예상해 보니 3학년이 현장 체험학습 가는 날 하루, 강당이 빌 것 같았다. 이왕이면 5학년 150명이 모두 강당에서 보자고 의논했다. 그런데 같은 날, 체육 선생님이 4학년 학생들과 강당을 쓰겠다고 했다. 영화는 5학년 각반 교실에서, 스크린보다 작은 TV 화면으로 봐야 한다. 옆 반에서 먼저 영화를 재생한 모양이다. 들려오는 영화 시청 소식에 우리는 언제 보냐고 아이들은 내게 묻는다.

최근에 영화 보러 언제 갔었나 떠올려 보았다. 6개월 전이었다. 둘째 희진이가 보고 싶다고 해서 〈스즈메의 문단속〉 본 것이 전부다. CGV 관람석에 앉아 있으면서도 일할 거리 생각하고 있었다. 영화가 끝나면 책 쓰기 무료 특강부터 안내해야 한다. 전날 저자특강 했던 내용도 블로그에 써야 한다. 공저 퇴고 일정도 잡혔다. 영화에 집중하지 못했다. 나에게 영화 관람은 억지로 시간을 내야 하는 일거리였다.

교사마다 중점 지도하는 영역이 다르다. 나는 독서교육을 우선시한다. 책으로 활동할 시간도 부족하다. 더더욱 교실에서 영화를 다룰 기회가 없다. 대학원 1학기 '교육연극'을 수강한 후, 영화도 교실에 활용하면 괜찮겠다고 생각했다. 그렇다고 120분을 한꺼번에 보여주지는 않는다. 영화 10분을 보여주더라도 교육 의미를 반드시 투영시켜 영화 활용 수업을 한다. 그러나 이번 행사에서는 우리 학년 모두 영화를 보여주기로 협의가 되었다. 내가 학년부장인데 나만 못하겠다고 주장할 수는 없었다. 교실에서 40분씩 3일에 나누어 시청하기로 했다.

영화 제목은 〈더 문〉이다. 교실 암막 커튼을 내렸다. TV와 교탁 위 모니터 두 대만 불빛이 나온다. TV와 연결된 주 모니터에 영화를 재생시켜 놓았다. 보조 모니터에는 영화 학습지라도 편집해 보려고 했다.

보조 모니터 화면에 마우스를 클릭하니 주 모니터랑 TV에 영화 화면이 사라졌다. 영화 소리는 그대로인데도 말이다. 작업표시줄에 있던 영화 동영상을 학생들이 볼 수 있도록 화면이 크게 보이게 했다. 다시 영화 학습지 편집을 시작하려고 마우스를 만졌다. 주인공 우주인 두 명이 우주선에서 떨어져 나가는 장면을 볼 때였다. 학생들이 보는 TV에 컴퓨터 바탕 화면이 떠 버렸다. 긴장감은 한숨으로 바뀌었다. 원망(?) 듣기 전에 얼른 조치했다. 보조 모니터 작업 중단이다. 학습지 편집 작업을 멈추고 영화를 되감아서 재생했다. 학습지 활용 없이 어떤 교육 효과를 줄 것인가에 또다시 고민하기 시작했다. 미술 그림 그리기, 과학 태양계 학습하기, 국어 영화 속 문장 활용 글쓰기……. 생각 비우고 학생들과 함께 영화에 집중해도 되는데. 눈에 보이는 교육 효과가 있어야만 한다고 생각했었나 보다. 영화 본 후 서로 감상 이야기만 나누어도 의미가 있는데 보조 모니터로 파일 편집해야겠다는 생각을 멈추지 못하고 있다.

나부터 영화 줄거리 꿰뚫고 있어야 한다. 다 집어치우고 학생들과 함께 영화 줄거리에 몰입했다. 학교에서는 부장 교사, 집에서는 아내와 세 딸의 엄마, 〈자이언트 북 컨설팅〉에서는 작가이자 글쓰기 코치. 영화로 멈춤의 시간을 가져 본 기억이 가물가물하다.

6교시 마치는 종소리가 들렸지만, 아이들은 자리에서 일어서지 않았다. 더 보고 싶은 눈치다. 재생 중지 버튼을 눌렀다. 아이들을 집에 보낸 후 의자에 잠시 앉아 있었다, 두 대의 모니터에 열어둔 문서가 가득하다. 퇴근 전까지 두 시간 남았다. 곧바로 업무를 이어가야 했지만, 가만히 멈추었다.

영화 시청을 통해 알게 되었다. 나에게 멈추는 시간은 진작 필요했었다고. 멈추는 시간이 필요한 이유는 세 가지다. 첫째, 오늘을 살아갈 수 있어서 감사하다는 점을 알기 위해. 둘째, 지금 내가 하는 일에 대한 확신을 두기 위해. 셋째, 숨 고른 후 도전하는 일에 다시 몰입하기 위해서다.

첫째, 멈추는 시간 덕분에 감사를 배웠다. 스토리를 따라가다 보면 긴장도 하고 결말도 궁금해진다. 내가 본 영화마다 주인공은 삶의 고비를 맞이한다. 〈더 문〉에서 한국 우주인 세 명 중의 두 명은 우주로 사라져 버린다. 홀로 남은 황선우가 한국으로 돌아오는 과정에서 산소 밸브를 잠그는 장면이 있다. 주인공을 살리고 싶다. 우리 반 학생들도 나처럼 조마조마하며 영화에 집중한다. 나 또한 다음 장면이 궁금해진다. 평소 달이나 우주 관련 영화는 관심 없었다. 우주인을 응원하는 이 시간, 내가 있는 공간이 안전하다는 사실에 감사하다. 이러한 마음 나만 느낀 것은 아니다. 다음 날 남은 분량의 영화를 보기 전, 메모지를 나누어 주었다. 기억에 남는 대사를 적도록 하기 위해서다. 아이들은 주로 '메이데이'와 '국적을 떠나 도움을 요청하는 우주인 황선우를 구해주세요' 대사를 메모했다. 구조되기를 바라는 마음도, 지금 우리의 안전한 삶에 대한 감사도 생생하게 느낄 수 있었다.

둘째, 지금 내가 하는 일에 확신을 가지게 되었다. 영화 시청 후 학생들은 귀가했다. 잠시 앉아서 내 삶을 돌아보았다. 낮에는 교사로 학생들을 가르친다. 밤에는 작가이자 라이팅 코치로 글도 쓰고 강의도 한다. 터울 많이 나는 세 아이 키우느라 주말 나들이도 즐기지 않는다. 작가이자 코치의 길을 선택하고 보니 주말에도 집에 콕 박혀서 일하게 된다. 내가 좋아서 하는 일이지만 '갈수록 빡세구나' 하는 느낌도 받고 있다. 3년 동안 공부에 집중했다. 공부할 것투성이다. 꾸준히 강의 듣고 글을 썼다. 쉬어본 적 없다. 멈출 수 없을 때일수록 내가 하는 일에 대하여 중간 점검 필요하다. '내 안의 이야기로 다른 사람 돕고 있는가?' 내가 선택한 교사, 작가, 라이팅 코치라는 방향은 옳다고 결론지었다. 진작 이러한 길이 있었다는 걸 알았더라면 지금보다 실력은 더 좋아졌을까. 앞으로 기대되는 삶이라는 생각이 들어 웃음도 났다.

셋째, 숨 고르기를 하면 다시 일을 시작하는 에너지를 가질 수 있다. 새벽 2시에 자고 아침 7시에 일어난다. 새벽 2시보다 더 늦게 잠들면 아침에 일어나기 힘들다. 자정이 지난 시간이라도 함께 책 쓰기 무료 특강을 이어가는 이현주 코치와 통화도 하고 블로그 포스팅도 한다. 일에 빠져 살고 있는 나에게는 진작 멈춤이 필요했다. 멈춘다고 하면 하던 일을 모두 내려놓는 것인가 생각할 수도 있겠지만 많은 시간 들이지 않아도 된다. 하루 5분, 10분이면 숨 고를 시간 충분하다.

〈더 문〉 황선우 덕분에 '멈춤'을 알게 되었다. 텅 빈 교실에서 숨 좀 돌렸다. 업무 전화가 울린다. 조급하지 않았다. 편안하게 응대했다. 영화는 나를 위한 멈춤의 도구로 제법 괜찮다.

일할 때는 일에 집중하고, 영화를 볼 땐 영화에 집중하는 것. 나는 이것을 '영역별 멈춤'이라 부른다. 멈추는 이유를 분명히 아는 사람은 어떠한 상황에서도 다시 일어난다. 한 달에 한 번이라도 영화를 보면서 나를 돌아보는 시간을 가지려고 한다. 잠시 달에 다녀온 것 같다. 이어서 하는 일에 흥이 난다. 다음 멈춤 도구인 영화 〈노량〉도 기대해 본다.

1-5.
도약을 위한 멈춤

서영식

경주마는 눈가리개를 하고 있다. 앞만 보고 달리기 위해서다. 나도 경주마와 다를 바 없다. 매일 바쁜 일상을 보낸다. 여유가 없다. 가족도 챙기고 친구도 만나고 인생도 살펴야 하는데, 앞만 보고 달리고 있다. 기대한 만큼 성과가 나오지 않으면 불안하다. 빨리 결정을 내리고 일을 처리한다. 업무는 계속 이어진다. 여유가 없으니 쉬지 않고 달린다. 멈춰서 방향이 맞는지 제대로 하고 있는지 확인하는 시간이 필요하다.

등산하는 여러 가지 방법이 있다. 정상에 오르는 목표를 위해 가는 사람도 있고, 산 중턱까지만 천천히 올라가는 사람도 있다. 쉬엄쉬엄 관찰하면서 가는 사람은 나무, 바위, 산, 꽃을 볼 수도 있다.

나는 성격이 급한 편이다. 뭐든지 빨리빨리 해결하려고 한다. 정해진 시간에 맞추어서 결과물을 만들어 내려고 한다. 시간에

대한 강박관념이 있다. 성향이 비슷한 사람은 함께 빨리 마무리
하려고 한다. 일하면서 중요하게 생각하는 부분은 목적과 방향
성, 결과에 대한 만족이다. 계획을 잘 세워야 한다. 무턱대고 일
하다가 보면 방향이 잘못되어서 다시 시작해야 할 일이 생긴다.
일하고 욕먹는 걸 좋아하는 사람은 없다. 안 하면 안 했으니까,
욕을 먹어도 덜 억울하다. 열심히 일하고 나서 좋은 평가를 받지
못하는 것만큼 열 받는 일이 없다. 계획을 세우기 위해서는 멈춰
야 한다. 하는 일의 방향은 무엇인지 원하는 결과물은 무엇인지
생각해야 한다. 중간단계에서도 멈춰서 볼 필요가 있다. 제대로
하고 있는지 더 할 것은 없는지 점검해 봐야 한다. 그냥 처음 방
향대로 밀어붙이다가 보면 엉뚱한 방향으로 갈 수도 있다. 고전
유머 중에 나폴레옹이 "돌격 앞으로!" 하고 산에 올랐다가 "이 산
이 아닌가벼." 하고 다른 산에 갔다는 이야기가 있다. 열심히 올
라갔는데 목표했던 산이 아니면 내려가야 한다.

  시간 관리를 엄격하게 하는 편이다. 정해진 시간 내에 생각하
는 수준에 맞은 업무 결과물을 내려고 한다. 여유를 부리지 않는
다. 원하는 일정에 결과를 낼 수 있도록 확인한다. 필요하면 함
께 작업해서 마무리한다. 일하는 방식에 대해서는 기준이 명확
하다. 23년째 직장생활을 하고 있다. 할 일이 생기면 대략 일정
이 나온다. 얼마나 걸릴지 예상된다. 생각한 일정 보다 늦게 진
행될 때가 있다. 왜 늦어지는지 원인을 찾는다. 일하는 방법을
바꿔야 하는지, 자료가 없는지 뭘 도와줘야 할지 확인한다. 결국
엔 일정에 맞춰서 끝낸다. 하나씩 단계별로 일을 처리할 때도 있
다. 대부분 여러 가지 일을 한꺼번에 처리해야 할 때가 많다.

주말에는 나만의 시간을 가지려고 한다. 멈추고 나를 돌아본다. 때로는 아무것도 하지 않는 시간도 필요하다. 머리를 비워야 한다. 업무 생각으로 머릿속이 가득 차 있을 때는 몸도 무겁다. 아무 생각하지 않고 싹 비우는 시간이 있어야 한다. 새로운 아이디어를 내는 여러 가지 방법이 있다. 완전히 백지상태로 비우는 것도 하나의 방법이다. 기존 생각이 엉켜 있으면 잘 떠오르지 않는다. 때로는 완전히 비워야 한다. 비우기 위해서 잠깐 멈춘다. 생각을 정리한다. 지금 하는 일에서 잘되고 있는 부분, 추가 확인이 필요한 부분을 따로 정리한다. 일정에 맞추기 위해서 할 일을 구체적으로 써본다. 직접 해야 할 일, 자료를 받아서 정리해야 할 일을 구분한다. 정리하고 나서 어떻게 할지 방법을 고민한다. 중간 점검 없이 일하다가 방향이 맞지 않으면 결과가 원하는 대로 나오지 않는다.

회사 일할 때 기초자료 점검을 하지 않아서 결과가 다른 방향으로 나온 적이 있었다. 보고자료 내용으로 인해 회의가 끝나고 다시 작업했다. 중간에 잠깐 멈춰서 기초자료를 한 번 더 확인했다면 발생하지 않을 일이다.

TV에서 영화배우 신혜선이 나오는 프로그램을 봤다. 배역에 몰입하다 보면 빠져나오지 못해 힘들어하는 사람도 있다는데, 자신은 빨리 '스위치 오프'를 하므로 빠르게 제자리로 돌아올 수 있다고 했다. 일상도 마찬가지다. 몰입해서 결과를 내는 것도 중요하지만 제대로 결과를 내기 위해서는 잠깐 스위치 오프하는 시간이 필요하다.

당신에게 멈추는 시간을 선물합니다

코로나로 인해 일상이 멈춘 때가 있었다. 사람들과 소통이 줄어들고 만나는 시간과 횟수도 줄었다. 혼자 있는 시간이 많아졌다. 멈춘 기간 동안 무엇을 할지 고민했다. 오프라인에서 할 수 없는 교육을 온라인으로 배웠다. 글쓰기, 책 쓰기 수업을 온라인으로 듣기 시작했다. 똑같이 멈춘 시간이지만 어떻게 보내느냐에 따라 결과는 차이가 난다. 자기 계발을 위해 공부한 시간은 나를 더 성장하게 했다.

일상에서 잘 멈추지 않는 편이다. 계속 뭔가 시도하고 하려고 한다. 가만히 있으면 시간을 헛되이 보낸다는 죄책감이 든다. 멈춘다는 의미가 아무것도 하지 않는 시간이라고 생각했다. 지금 생각해 보면 잠깐 다른 일을 하는 것도 멈추는 시간이다. 매월 셋째 주 토요일, 자이언트 작가 저자 사인회에 참석한다. 거기서 책을 쓴 작가의 사인도 받고 새롭게 만난 작가들과 이야기를 나눈다. 이런 시간도 나에게는 멈춤이다. 글을 쓰는 작가와 만나서 새로운 이야기를 듣는다. 개인 저서를 쓰고 있는 작가의 이야기도 듣고 아직 책을 쓰고 있지는 않지만 꾸준히 공부하는 작가와도 대화를 나눈다. 라이팅 코치 활동을 하는 작가의 경험도 공유한다.

평소 일상과 다른 세상을 만난다. 살아가는 이야기도 듣고 정보도 많이 얻는다. 다양한 삶의 이야기를 듣는다. 유익한 정보도 공유한다. 글쓰기 전에는 몰랐다. 다양한 취미활동이 있다. 글을 쓴다고 하면 주위에서 좋은 취미를 가졌다고 한다. 글쓰기는 평생 할 수 있는 일이다. 쓰기 위해서 독서도 한다. 독서를 통해 배우고 글을 써서 표현한다.

빠르게 변하는 세상이다. 뒤처지지 않기 위해 계속 달려야 한다는 생각도 든다. 성공하기 위해서는 멈추지 말고 계속 움직이라고도 한다. 목표를 이루기 위해서는 꾸준한 실행이 중요하다. 쉬지 않고 계속 달려가다가 방향이 잘못되면 되돌아가야 한다. 방법이나 방향을 점검하는 시간도 필요하다. 잠깐 멈추고 확인하는 시간이 시행착오를 줄일 수 있다. 자동차에 브레이크가 있는 이유는 원하는 목적지에 안전하게 도착하기 위해서라고 한다. 일상에서 새로운 경험을 하는 것도 멈추는 시간이다. 평소와 다른 일상의 경험, 그 시간이 도약하는 힘이 된다.

당신에게 멈추는 시간을 선물합니다

1-6.
깊이를 더하는 과정

송슬기

가방에 수첩을 넣어 다닌다. 어느 회사의 로고가 크게 박힌 단순 홍보물인데, 크기가 손바닥 정도만 해 들고 다니기에 그만한 것이 없다. 사용하는 일은 손꼽을 만큼 적지만 가방 한구석에 당당히 자리를 차지하고 있다.

글을 쓰다 보면 일상에서 소재를 발견한다. 보고, 듣고, 느낀 것. 순간적인 생각이 떠오르면 한 편의 글을 쓰고 싶은 마음이 들 때가 있다. 이때 수첩의 쓰임이 빛을 발한다. 가끔 급한 마음에 머리를 믿고 기억에만 의존하여 쓰면 의도한 바와 전혀 다른 글이 된다. 원래 하고 싶었던 말은 사라지고 엉뚱한 글만 남는다. 그제야 기록을 남기지 않고 쓰는 일이 오만한 착각임을 깨닫는다.

나의 글쓰기 선생님은 글을 쓰는 사람이라면 수첩 하나쯤은 가지고 다녀야 한다고 자주 강조한다. 평소 작가 흉내라도 내보라는 가르침이 특별한 것 없는 작은 수첩의 의미를 돋운다. 마치 작가라는 자격을 증명하는 것 같은 기분마저 든다.

　들고만 다니던 수첩을 사용하게 된 것도 계기가 있다. 지역에서 활동하고 있는 작가 B와 있었던 일이다. 작년, 나의 출간 소식이 함안군 청년 지원 사업 성과로 보도되었다. '청년 작가'라는 수식어가 호기심을 자극했을까. 책과 관련한 인터뷰를 하고 싶다며 B가 먼저 연락을 해왔다. 그때 인연으로 나는 B와 책과 글에 관한 이야기를 나누는 사이가 되었다.

　나는 B를 곧잘 따랐다. 독서량도 상당하고 큰 백일장에서 수상 경력도 많았기에 배울 점이 많았다. 글을 오래 써온 사람이라 사소한 대화도 내게는 자극이 되었다. B는 가끔 내 블로그에 쓴 글을 보고 피드백을 해 주었다. 그 점이 특히 좋았다. 자신의 감상을 가감 없이 나타내지만 무시하거나 비하하는 법이 없었다. 의도를 묻는 날카로운 질문은 부족한 부분을 깨치게 했다. 문장을 한 번 더 고민하게 하는 그 과정이 나를 좀 더 성장하게 했다.

　몇 달 전, 블로그에 가족 여행 중이라는 짧은 한 줄을 남겼다. B가 그 글을 본 모양이었다. "여행을 통해 보고 느낀 바가 슬기 선생님의 글을 더욱 풍성하게 하겠네요. 가족들과 즐거운 여행 보내세요." 카톡으로 사진 몇 장과 안부 메시지가 전송되었다. 사진은 지리산에 대한 수필이었다.

　지리산을 오르며 인생을 돌아보는 수필가의 깊은 사유 때문이었을까. B의 메시지는 2박 3일 여행 내내 나를 들뜨게 했다. 통일 전망대를 바라보는 나의 시선과 안개 낀 설악산을 오르내리며 느꼈던 감정, 한 시간 반을 기다렸던 맛집 이야기까지 모두 좋은 글감이었다. 메시지와 경험을 연결하면 참한 글 한 편 쓸 수 있을 것만 같아 설레기도 했다.

여행을 다녀온 뒤, 핸드폰에 휘갈겨 놓은 단상 몇 개로 이렇게 써보고 저렇게도 써봤다. 글의 구성이 어색했다. 퍼뜩 떠올랐던 생각만큼, 마음만큼 잘 써지면 좋으련만. 쉽지 않았다. 한 꼭지 분량을 겨우 쥐어 짜내 글을 마무리했다. 블로그에 써놓고 아쉬운 마음이 들어 해시태그를 작게 달았다. #습작, #초보 작가 글쓰기 연습 중, #초고입니다.

얼마 후 B가 댓글을 달았다. 자신의 감상을 비밀글로 올렸다. 늘어놓은 글감 때문에 글이 너무 산만하다고 솔직한 느낌을 말했다. 정확했다. 쓰고 싶은 마음만 앞서 정돈되지 않은 글이 그대로 드러났다. 속마음을 들킨 것 같아 얼굴이 화끈거렸다. 내 블로그 글을 주의 깊게 읽는 사람이 몇이나 되겠나 싶어 급하게 마무리한 글이었는데 그 부분을 콕 집어냈다. 여러 이야기가 나열되어 하나의 주제로 뭉그러졌고, 그 주제마저 메시지와 연결되지 못했다. 물과 기름 마냥 섞이지 못하고 튀는 느낌이었다. 급한 마음이 글에도 여실히 나타났나 보다.

B는 소재가 좋으니 하나씩 더 세밀하게 써나가면 훨씬 좋은 글이 될 것 같다고 격려했다. 친절한 조언도 덧붙였다. 무라카미 하루키의 『나는 여행기를 이렇게 쓴다』라는 책 구절을 인용하며 여행기를 쓰는 방법을 소개했다. 작가는 여행을 다녀오면, 의도적으로 '적당한 시기'를 둔다고 했다. 한두 달 정도의 간격을 두면 자연스레 가라앉는 것과 떠오르는 기억이 있다고 말했다. 그런 굵은 라인을 바탕으로 글을 써야 과하지 않은 글이 된다는 작가의 경험은 나를 숙연하게 했다.

작년, 책을 썼던 집필 과정을 돌아보게 된다. 초고를 끝내고 선생님 안내에 따라 며칠간 원고를 쳐다보지 않았다. 초고에 온 힘을 쏟았기에 원고를 더 볼 힘도 없었다. 전문가의 말에는 다 이유가 있을 것이라 막연하게 생각했다. 몇 번의 퇴고 작업을 해보니 왜 며칠간 기다려야 하는지 이유를 조금은 알 듯했다.

'글을 묵혀놨다가 써야 한다'라는 말처럼, 며칠 원고를 보지 않다가 다시 보면 어설프고 부족한 부분이 훨씬 더 잘 보인다. 글에 푹 빠져서 쓸 때는 예사로 지나갔던 부분도 새로운 관점으로 다가온다. 기성 작가들이 말하는 퇴고의 중요성이 여기에 있는 듯하다. 멈추었다 수정하길 여러 번 거친다. 마음에 들기까지 반복하다 보면 점점 글이 좋아진다. 이 과정이야말로 부족한 부분은 채우고 과한 부분은 덜어내며 조금 더 깊이를 더해가는 과정이 아닐까.

직접적인 경험은 행동을 바꾸게 했다. B와의 일이 있고 난 후, 메모하는 횟수가 늘었다. 경험한 것을 바로 쓰기보다 일단 수첩을 꺼내 생각을 적어둔다. 꼭 우표 수집과 비슷하다. 오래된 우표에 값어치가 높아지듯 흘러간 생각들을 모아둔 수첩은 나름대로 의미가 있다. 쓸 엄두도 내지 못하는 글도 많지만, 때로는 적어놓은 내용을 잘 정돈해 한 꼭지 분량의 수필을 쓰기도 한다. 수첩을 보면서 과거의 생각과 다를 때는 안도감도 느낀다. 멈추지 않고 그대로 썼더라면 누군가에게 상처가 될 뻔한 내용을 보면 아찔하다. 섣불리 쓰지 않아서 다행이다 싶다.

매일 글을 쓰면 실력이 는다는 말을 믿는다. 아울러 매일 쓰는 것만큼 깊이 있는 생각을 한 뒤에 쓰는 것도 중요하다는 생각이 든다. 미처 생각이 닿지 못한 부족한 내용을 잊어버리지 않도록 수첩에 기록한다. 쓰면서 멈춘다. 자칫 감정적인 표현에 치우치진 않았는지 살피며 호흡을 가다듬는다. 성찰에도 도움 된다. 하지 않을 이유가 없다.

　잠깐 멈춤. 깊이를 더하는 과정이다. 메모하며 잘 쓰고 싶다는 욕심과 조급함, 두 가지 마음을 내려놓는다. 언젠가는 잘 익은 김치 같은 한 편의 글을 쓸 수 있길 바라 본다.

1-7.
멈춤은 회복을 위한 '자휴(自休) 시간'이다

장미연

이른 아침, 휴대폰 알림이 울렸다. 고등학교 3학년 때부터 지금까지 연락하며 지내는 다섯 명 친구들이 참여하는 단톡방이었다.

"얘들아, 나 갑상샘암. 수술해야 한대. 한동안 못 볼 수도 있어." 지은이의 갑작스러운 고백이었다. 뒤이어 우는 표정을 한 이모티콘이 연달아 올라왔다. 대화 창 옆에 숫자 4가 빠르게 사라졌다. 단톡방에는 걱정과 위로가 가득했다. 수술은 정확히 언제, 어디서 하는지. 아픈 데는 없는지. 한참 동안 대화가 오고 갔다. 단톡방 대화를 눈으로만 좇았다. 무슨 말이라도 써야 하는데 쉽게 쓸 수가 없었다 "그랬구나 수술 잘 될 거야, 미사 때 꼭 기도할게." 쓰고 지우기를 몇 번 반복하다 짧은 댓글 한 줄을 쓰고 전송 버튼을 눌렀다.

5년 전, 나도 암을 진단받았다. '육종'이라는 희소 암이었다.

사십 대에 들어서니, 평교사로 정년까지 버티기 어렵다고 생각했다. 승진을 위해 본격적으로 준비를 시작했다. 혹여 관리자로 승진하지 못할 경우를 대비해 노후 준비도 필요했다. 새로운 일, 취미를 찾아 여기저기 기웃거렸다. 의욕을 갖고 뭔가 해보려던 시기였다. 둘째 아이도 초등학교 입학을 앞두고 있어 아이가 어릴 때보다 자질구레 손탈 일도 적어졌다. 개인의 성장뿐 아니라 업무적인 면에서도 발전하고 싶었다. 그 시점에 갑자기 암을 마주했다. 발목 잡힌 심정이었다. 고장 난 시곗바늘처럼 내 인생도 멈춰 버린 것만 같았다.

가족과 직장 상사에게만 진단 사실을 알렸다. 그저 아픈 것뿐이었는데, 인생 패배자가 된 기분이었다. 가족 외 아무도 몰랐으면 했지만, 병가를 연장하려니 어쩔 수 없이 전화로 상황을 전해야 했다. 요새 기술도 약도 좋아져서 잘 관리하면 괜찮다고, 주변에 잘살고 있는 이들 많다며 위로하던 상사의 말. 하나도 도움 되지 않았다. 별 대꾸 안 하고 끊었다. '암'이라는 글자의 이응 자도 입에 담기 싫었다. "어쩌다가……"라며 불쌍하게 보는 시선은 더 견딜 수 없을 것 같았다. 그때 느꼈던 상실감, 허탈함이 떠올라 지은이의 말에 선뜻 답을 하기 어려웠다.

오전 내내 수업에 집중하지 못했다. 자꾸 핸드폰에 눈길이 갔다. 달큼한 감홍 사과 뒷맛이 썼다. 몇 조각 먹지 못하고 뚜껑을 닫았다. 친구가 수술한다는데 몇 마디 말로 끝내다니. 메시지 몇 줄로 내 마음 전하는 게 부족하다 싶었다. 수업을 마친 후, 전화를 걸어 괜찮냐고 물었다.

"아니, 안 괜찮아. 엄마한테 말도 못 꺼냈어. 너 우리 엄마 알잖아."

아프다고 말하기 싫은 마음 충분히 이해되었다. 그래도 가족들한테는 솔직하게 말해야 한다고 조심스럽게 얘기했다.

"강남 세브란스 병원 교수가 갑상샘 수술 유명하다는데, 예약이 꽉 찼어. 내년 초나 되어야 한 대. 아는 사람한테 부탁해 볼까 하다 알리는 거 싫어서 용인 세브란스나 분당 서울대에서 하려고. 그 두 군데도 괜찮다나 봐."

예상했던 대화가 아니었다. 덤덤하게 받아들인 줄 알았는데. 지은이 말속에 그동안 했을 고민과 걱정이 묻어났다. 어설픈 위로는 안 하는 게 나았다. '동병상련' 반갑지 않은 말이지만, 이럴 때는 도움이 되었다.

"너 이제 좀 쉬라는 신호야. 직장 다니고 애들 키우느라 바쁘게 살았잖아. 좋다는 거 있으면 애들만 주고. 이참에 운동하고 좋은 것도 챙겨 먹어. 수술하고 나면 제발 무리하지 말고. 백 살까지 살려면 우리 나이에 한 번쯤은 쉬어 줘야지."

아픈 거 네 잘못 아니고, 실패도 아니라고. 그동안 참 열심히 살았다고, 긴 인생, 잠시 휴식이 필요했을 뿐, 잠깐 멈추었다 더 멀리 가면 된다고 말해주었다. 5년 전, 어쩌면 누군가 내게도 이 말을 해 주길 바랐는지도 몰랐다. 일부러 씩씩한 목소리를 냈다. 그제야 지은이의 웃는 기색이 휴대폰 너머로 느껴졌다. 나도 웃었다.

당신에게 멈추는 시간을 선물합니다

나에게 암은 '강제 멈춤'이었다. 예고 없이 닥친 시간 앞에 어쩔 줄 몰랐다. 아무것도 하지 않으니 불안한 마음 점점 커졌다. 당장 일어나지도 않은 최악의 상황이 자꾸 떠올랐다. 뭐라도 해야지 싶었다. 노트북 열어 네이버 검색창에 '암 치유'라고 입력했다. 도움 될만한 정보를 얻을 수 있는 블로그에 방문해 이웃 추가하고 네이버 카페에도 가입했다. 암과 관련한 강의를 듣고 책도 읽었다. 식탁 위에 독서대를 올려두고 밥 먹으면서도 보았다. 책을 읽으며 꼭꼭 씹어 먹다 보면 한 끼 식사 시간이 1시간 훌쩍 넘을 때도 많았다. 여러 치유 사례를 접했다. 절망스러웠지만, 희망을 버리지 않고 몸 소중히 돌보다 보니 건강해졌다고 했다.

신선한 채소들 다듬어 직접 녹즙도 짜서 마시고 건강한 먹거리도 찾았다. 틈틈이 운동하고 명상도 했다. 별거 아닌 일에 왜 그렇게 힘들어했는지, 내 마음 들여다볼 수 있는 여유도 누렸다. 건강해지면 꼭 해보고 싶은 일을 적었다. 하와이 한 달 살기, 성당 독서 봉사, 내 이름으로 책 1권 출판하기, 자연치유 모임 카페 운영하기. 미래의 내 모습도 그려 보았다. 끝이라고 생각했는데 설레기 시작했다. 가끔 고단하고 혼자 동떨어진 듯한 기분이 드는 날도 있었지만, 그런 날은 다시 책을 폈다. 그렇게 3년, 시간을 보냈다. 짧지 않지만, 인생 전체 놓고 보면 하나도 아깝지 않았다. 앞만 보고 달려가던 삶에서 몸과 마음이 보내는 신호를 알아차릴 수 있었던 귀중한 경험이었다. 건강뿐 아니라 내 삶을 회복할 수 있는 휴식이었다.

예전에는 '멈춤'이라 하면 정지, 퇴보, 불가능, 장애물, 걸림돌 같은 단어가 연상되었다. 이제는 쉼, 돌봄, 기회, 성장을 떠올린다. 병을 계기로, 바쁘게 흘러가던 삶에 느슨한 균열이 생겼다. 몸과 마음을 추스르고 성장할 기회와 여유를 얻었다. 그 시간 오롯이 나에게만 집중하고 누렸다. 나를 아끼고 돌볼 수 있었다. 정작 바쁘게 찾아다닐 때는 보이지 않았던 새로운 삶도 발견할 수 있었다.

요즘 나는 '장미연 작가'로 불린다. 이 말을 들을 때면 나도 모르게 입꼬리가 올라간다. 멈춤은 인생의 새로운 가속도를 더하는 시간이다. 멈춤을 디딤돌 삼아 더 멀리, 더 힘차게 나아 갈 내일을 꿈꾼다.

1-8.
행복 찾기

장춘선

멈춤은 '사물의 움직임이나 동작이 그치다'라는 사전적 의미가 있다. 나는 언제 멈출까. 간호사로 30여 년 한 직장을 다녔다. 힘든 고비도 많았다. 그럴 때마다 틈을 만들어 다른 모습의 내가 되려고 시도했다. 직장을 떠나고자 한 게 아니라, 행복한 직장인 되기 위해 에너지를 찾는 과정이다. 주위에서는 바쁘고 힘든데 그게 가능하냐고 묻는다. 나는 새로운 것에 도전하고 성과를 낼 때 행복하다. 그것이 직장인으로서 나의 멈춤이다. 밋밋한 가을에 행복하나 추가해 본다.

병원 로비에 현수막이 걸렸다. "제2회 2023년 힐링 시 낭송 콘서트". 현수막에는 단풍잎이 가득하다. 시가 흐르는 가을을 만난다. 음향 담당자가 분주하게 움직였다. 음악 소리가 크게 작게 들린다. 콘서트 당일, 오후 반차를 냈다. 출연자들은 전문가에게 화장과 머리 손질을 맡기기로 했다. 나는 남편과 함께 참여하기로 했다.

"병원에서 시 낭송하는데 같이 해 볼래요?"

두 달 전 남편에게 별생각 없이 농담으로 던졌다. 그런데 남편이 서슴없이 하겠다고 한다. 진짜 할 수 있겠냐고 재차 물었다. 그렇다고 했다. 잠시 망설였다. 남편을 동료들에게 공개하는 것이 부담스러웠다. 작년 이맘때 "제1회 힐링 시 낭송 콘서트"에 참여했다. 남편에게 말하지 않았다. 무대에 선다는 것이 쑥스럽기도 하고 병원 행사라 시시콜콜 알리기도 뭐했다. 분홍빛 드레스를 입고 짙은 화장도 했다. 오가는 환자와 보호자, 직원들은 병원에서 무슨 이런 복장을 하고 있냐는 표정으로 쳐다봤다. 긴장이 일상인 환자와 보호자들을 위해 잠시나마 기쁨을 주고자 했기에 부끄러워도 웃어넘겼다. 외운 시를 잊지만 말자는 심정으로 무대에 올랐다. 가슴은 두근대고 손발은 오그라들고 목소리는 가늘게 떨렸다. 무대에 내려와 벅찬 마음을 가라앉히지 못해 두 볼이 불그레한 사진을 남편에게 보냈다. 그는 섭섭해했다. 구경오라고 할 걸 후회됐다.

이번에는 남편과 함께하면 좋겠다는 생각에 농담처럼 던졌는데 막상 하겠다니 당황스러웠다. 오랫동안 불규칙한 교대근무로 남편과 알콩달콩 살지 못했다. 이제 두 아들은 청년이 되어 독립했다 나의 희생으로 가정이 굴러간다고 투정도 많이 부렸다. 직장인이라는 이유로, 나 대신 맏며느리 역할을 감당한 일도 많았으리라. 나이가 들수록 남편이 고맙게 느껴졌다. 직장인으로서 행복하게 사는 모습을 보여주고 싶었다. '그래, 남편과 같이 시 낭송해 보자.' 색다른 경험을 하고 싶었다. 낮에는 직장

당신에게 멈추는 시간을 선물합니다

일이 우선이었고, 저녁에는 독서와 글쓰기 수업을 방해받고 싶지 않았다. 연습 시간이 필요했다. 20분 정도 걸리는 출퇴근길차 안에서 음악 대신 시를 듣고 외웠다. 안도현 시인의 [그대에게 가고 싶다]가 적힌 종이를 핸들에 끼웠다. 외우다 막히면 힐끔 본다. 유튜브 영상도 따라 했다. 남편과 연습 시간을 맞췄다. "시 낭송 연습하러 공원에 갈래요?" 저녁 먹고 TV 앞에 앉아 있는 남편에게 말했다. 싫다고 하면 좋겠다는 생각도 했다. 글쓰기 강의 기다리며 뒹굴뒹굴 쉬고도 싶었다. 남편은 반갑게 따라나섰다. 동네 체육공원을 걸었다. 운동장 몇 바퀴를 돌고도 서로얼굴만 쳐다보고 입을 떼지 못했다. 사람들 시선을 의식했다. 안되겠다 싶어 체육공원과 연결된 산길로 올라갔다. 체육공원을아래로 내려다볼 수 있는 벤치에 앉았다. 남편이 첫 부분을 먼저했다. "그대에게 가고 싶다, 안도현, 해 뜨는 아침에는 나도 맑은사람이 되어 그대에게 가고 싶다." 유튜브에서 들었던 나긋나긋한 목소리가 아니라, 경상도 말투와 억센 소리가 밤공기에 섞여서 들렸다. 지나가는 사람이 없는지 주변을 살피며 각자 분량을외웠다. 멀리서 인기척이 들렸다. 인제 그만 가자고 팔을 끌었다. 남편은 아랑곳없다. "당신 차례다, 해 봐라." 나를 부추겼다. 다음날에는 인적이 드문 구석진 안골로 갔다. 한쪽은 개울물이흐르고, 반대쪽은 농작물이 심겨 있다. 거름 냄새가 얕게 올라왔다. 다행히 아무도 없었다. 남편이 먼저 시작하면 난 다음 구절을 받아 주며 길 끝까지 걸었다. 개울을 건너는 다리 앞에 섰다. 무대라고 생각하고 실제처럼 해 보았다. 멀리 가로등이 있지만그림자만으로는 누구인지 알 수 없으니 용감해졌다.

일요일 아침이다. 세탁기에 빨랫감을 넣고 시작 버튼을 눌렀다. 냉장고를 열어보니 오래된 음식이 반찬통마다 담겨 있다. 싱크대에 검은 비닐봉지를 펴놓고 담았다. 남편이 볼세라 얼른 들고나와 아파트 입구 음식물쓰레기 통에 집어넣었다. 날씨가 화창했다. 빨리 집안일 끝내고 책 읽고 독서 노트 쓸 계획이었다. 집에 있기에는 아까운 날이다. 시 낭송 연습도 할 겸 남편과 외출해야겠다는 생각이 든다.

"고성으로 드라이브가요."

그레이스 정원. 수국이 멋진 곳이라고 친구가 말한 적 있다. 한 시간 남짓하면 갈 수 있는 거리다. 수국은 이미 졌고 잎만 남아있었다. 나무길 사이로 걸었다. 야외 공연장이 보였다. 시 낭송 콘서트를 떠 올렸다. 공연장에 올라섰다. 남편은 시가 적힌 종이를 호주머니에서 꺼냈다. 얼마나 보고 외웠는지 꼬깃꼬깃하다. 남편 정성이 느껴졌다. 푸른 나무와 풀숲이 관객이 되었다. 그곳에는 점심 먹거리가 없었다. 친구에게 고성 핫플레이스를 물었다. '바닷가에 햇살 한 스푼' 레스토랑에서 늦은 점심을 먹었다. 창 넓은 통유리를 통해 고성 바닷가를 내려다봤다. 잠시 짬 내면 이런 행복이 있구나! 오일 파스타와 스테이크를 앞에 두고 남편을 바라보았다. 대낮에 정면으로 남편을 바라본 게 오랜만이다. 스테이크를 잘게 썰어주는 모습이 정겹다. 창밖으로 '카페 도어스' 간판이 보였다, 그냥 지나칠 수 없는 예쁜 카페였다. 바다 배경으로 사진을 찍으며 즐거워하는 사람이 보인다. 우리도 정원보다 높게 설치한 파란색, 빨간색 의자에 앉았다. 책을 펼쳤다. 남편은 이리저리 자세를 바꿔가며 사진을 찍어줬다. '그대에게 가고 싶다'라는 시구절이 절로 우러났다.

2층 교육장 문을 열었다. 시 낭송 출연자 몇몇은 화장을 마쳤다. 레이스 달린 하얀색 드레스, 단아한 검은색 드레스, 반짝이가 붙은 한복, 굽 높은 신발, 장신구 등. 준비한 의상을 차려입으며 조용히 시를 읊조린다. 내게도 머리에 세팅 롤을 감고 파운데이션을 얼굴에 톡톡 두드려 줬다. 전문가의 손길이 느껴진다. 남편이 언제쯤 도착할까 설레며 화장을 끝냈다. 나는 목이 파이고 속살이 보이는 하얀색 드레스를 입었다. 굽 높은 구두를 신었다. 바깥에서 음악 소리가 크게 들릴수록 내 마음도 쿵쾅거렸다. 얼마 후 남편은 와인색 양복을 입고 분홍빛 넥타이를 매고 나타났다. 우리는 달라진 모습으로 병원 복도에서 마지막 예행연습을 하고 무대에 섰다.

나는 지치고 힘들 때, 즐길 거리가 없는지 주변을 살핀다. 병원 행사에 참여하는 게 제일 손쉽다. 평상시 가까이할 수 없었던 직원들과 친해진다. 행사를 위한 시간과 노력이 삶의 재미가 된다. 또한 공저 집필을 위해 끙끙거리는 지금도 그런 삶의 일부다. 오늘 내 기분 어떤지 살피고 돌보는 것은 직장인으로서 최고의 성과를 낼 수 있는 태도다. 멈춤은 내가 선택한 행복 찾기다.

1-9.
지금, 이 순간 당신은 행복한가요?

정은정

      바빴다. 숨이 찼다. 100일이 된 아이를 품에 안고서야 처음으로 멈추었다. 잔뜩 움츠린 어깨를 쭉 펴고 숨을 크게 들이마셨다. 11월의 서리를 품은 축축한 새벽 공기가 폐를 통해 혈관을 지나 온몸으로 퍼졌다. 뜨거운 열을 내뿜던 머리가 차갑게 식었다. 그제야 내가 보였다.

  본디 없는 집안 장녀였다. 아빠는 내가 초등학교 5학년 때 교통사고를 당해 3년 동안 병원 생활을 했다. 덕분에 부잣집 막내딸로 곱게 자란 엄마는 졸지에 가장이 되었다. 엄마는 자정이 되어서야 퇴근했다. 달력에는 매일 잔업 한 시간을 적었다. 어제는 5시간, 오늘은 6시간. 피곤함에 절어있는 창백한 얼굴과 퉁퉁 부어 파란 혈관이 비치는 두 다리. 그럼에도 잔업을 할 수 있어서 다행이라는 엄마에게 힘이 되어주고 싶었다. 사춘기가 시작될 무렵 나는 휘몰아치는 감정을 누르며 오직 잘 살고 싶다는 생각만 했다. 반항 따위는 생각할 수 없었다. 간신히 버티고 있는 엄마에게 짐이 될 수는 없었으니까.

엄마는 내게 어떤 직업을 갖고 무엇을 하며 살고 싶은지 묻지 않았다. 그냥 간호사가 되라고 했다. 나 또한 크게 불평하지 않고 받아들였다. 간호사가 되는 것이 잘 사는 것의 시작이었다. 엄마는 잠든 내 머리맡에 앉아 손을 쓰다듬고 볼을 비볐다. 짤막한 편지도 남겼다. '은정아, 밥 차려 먹고 동생 챙기느라 힘들지? 말하지 않아도 잘 해줘서 고마워. 엄마가 너만 믿어. 사랑해.' 그렇게 나는 K-장녀가 되었다.

학교를 졸업하고 병원에 취직했다. 중환자실에서 근무했는데 온갖 알람 소리와 수시로 처방되는 약, 시술, 검사 때문에 정신이 없었다. 병동으로 보내는 환자와 신규 환자, 수술환자, 사망환자, 심폐소생술이 필요한 응급 상황과 시시각각 변하는 환자 상태 때문에 항상 긴장했다. 밥 먹을 시간이 없어 커피 스틱 두 개를 미지근한 물에 타 후루룩 마시는 날도 허다했다. '커피 한 잔의 여유'라는 광고 문구는 사치였다. 퇴근 후에도 마음 편하게 잠들어 본 적이 없다. 혹시나 내가 깨닫지 못한 실수가 있었을까 봐 항상 불안했다. 병동에서 전화가 오면 가슴이 철렁했는데 이는 연차가 쌓여도 여전했다. 나를 검열하는 게 일상이었다.

결혼하고 아이를 낳았다. 출산휴가 덕분에 처음으로 쉬었다. 육아 선배들은 아이를 돌보는 것이 만만치 않다고 했지만, 난 코웃음을 쳤다. 신생아 집중치료실 베테랑 간호사에게 육아는 껌이라고 생각했다. 물론 얼마 지나지 않아 현실을 깨닫게 되었지만 말이다.

아이는 100일 되기 전까지 밤낮을 가리지 않고 끊임없이 울었다. 배불리 먹이고 기저귀를 갈아줘도 보챘다. 녀석을 종일 안아서 어르고 달래느라 팔이며 다리, 어깨, 허리까지 남아나는 곳이 없었다. 한두 시간마다 모유 수유를 하는 게 힘들어 분유로 바꿔야 하나 수없이 고민했다. '명색이 국제 모유 수유 전문가인데 분유라니. 그럴 수 없지.' 무슨 자신감으로 그런 똥배짱을 부렸나 싶다. 다행히 선배 엄마들이 말한 100일의 기적이 내게도 찾아왔다. 울거나 보채는 시간이 줄고 수유 시간도 자리 잡혔다. 그렇게 석 달의 출산휴가를 마치고 육아휴직을 시작했다.

이른 새벽, 남편은 출근했고 아이는 수유를 마치고 잠들었다. 침대에 눕히고 행여나 아이가 깰세라 조심스레 자리에서 일어났다. 그러다 질끈 묶은 머리에 푸석푸석하고 누렇게 뜬 얼굴과 마주쳤다. 거울을 얼마 만에 보는 것인지. 오랜만에 만난 나는 형편없었다. 머리를 언제 감았는지 가물가물했다. 눈곱만 겨우 떼고 앉았다. 임신 기간 동안 몸무게가 25kg이나 늘었다. 출산 후 100일 동안 부지런히 마신 호박즙 덕분인지 부기는 빠졌지만 불룩한 배며 펑퍼짐한 엉덩이가 임신 중일 때와 차이가 없었다. 오랜만에 결혼반지를 꺼냈다. 반지는 손가락 중간 마디에서 더 이상 들어가지 않았다. 임신 전에 입었던 청바지를 꺼냈다. 허벅지 위로 올라가지 않는다. 발가락까지 살이 쪄 통통하다.

거실 소파에 앉아 가만히 주위를 둘러봤다. 신혼집 냄새를 풍기는 반짝이는 가구와 살림살이들이 눈에 들어왔다. 안정적인 직장에 나와 잘 맞는 남편, 토실토실 살이 올라 한창 예쁜 아이까지. 이만하면 어릴 때 꿈처럼 잘살고 있는데 거울 속 나는 왜 웃고 있지 않을까? 그날따라 무슨 바람이 들었는지 모르겠다.

당신에게 멈추는 시간을 선물합니다

책장에서 사진첩을 꺼냈다. 학창 시절 졸업앨범과 초등학교 4학년 때 선생님이 만들어 주신 학급 문집(아이들 글을 모아 책으로 엮음)도 찾았다. 창문을 열어 새벽 공기를 맞으며 향긋한 꽃차를 우렸다. 무릎 담요를 두르고 한 장 한 장 사진과 글을 들여다보았다. 사진 속의 나는 온통 웃고 있다. 그 시절을 떠올리면 좋았다는 기분보다는, 바쁘고 힘들었다는 생각뿐인데 말이다.

숨 쉴 틈 없이 바빴다. 남들과 똑같이 주어진 건 시간뿐이었다. 시간을 아끼자. 남들보다 두 배로 사용하자. 시간을 활용해 성장하자. 더 나은 삶을 살자. 앞으로 나아가기 위해 뛰는 것만 생각했다. 대학에 진학하고 졸업과 동시에 취직했다. 연애하고 결혼하고 아이도 바로 가졌다. 사진 속 나는 행복에 겨워 웃고 있는데, 나는 그때를 행복으로 기억하지 않는다. 사진을 찍는 순간에도 다음 목표를 생각하고 있었으니 말이다.

잘 산다는 것은 무엇일까? 초등학교 5학년 나는 안정적인 직장을 얻어 경제적으로 풍요롭기를 희망했다. 간호사가 된 나는 '오늘도 무사히'를 외치며 실수하지 않고 사고 없는 하루가 되기를 희망했다. 엄마가 된 나는 아이가 아프지 않고 친구와 잘 어울리며 하고 싶은 것 하면서 살기를 희망했다. 그것이 잘 사는 것이다.

간호사도, 엄마도, 아내도, 딸도, 며느리도 아닌 '나'에게 잘 사는 것은 무엇일까? 많이 웃고 행복하게 사는 것, 그것이 잘 사는 것이다. 나만 모르고 있었을 뿐 나는 여태 그렇게 살고 있었다. 행복인데 행복인 줄 모르고 행복을 꿈꾸는 어리석은 내게 거울 속의 나는 말했다. "지금이야. 지금이라고." 그때부터 자주 멈추었다. '지금, 이 순간 나는 행복한가?'를 생각하며 매일 작은 행복을 느꼈다. 그렇게 살다 보니 이제 내 일상은 행복으로 가득하다.

아침에 일어나면 가장 먼저 곤히 자는 두 아이의 얼굴을 들여다본다. 언제 이렇게 컸는지, 어느덧 남편 키를 넘어선 아들이 듬직하다. 딸아이를 보면 함께 쇼핑할 생각에 즐겁다. 출근해서 보건실 창문을 열어 환기를 시키고 책상 앞에 앉는다. 첫 번째 환자 입장. 지각할까 서두르다 넘어졌단다. 상처를 치료해 주고 조심하라고 잔소리한다. 머리를 긁적이는 모습을 보니 중학생이라 덩치만 컸지 여전히 어린 애 같아 귀엽다. 저녁 식사 시간, 일과를 마치고 식탁에 모두 모인 우리 네 식구. 무탈하게 각자의 하루를 보내고 마주 앉은 이 시간이 감사하고 행복하다. 그렇게 나는 잠시 멈추고 행복을 즐긴다.

잘 살기를 바라며 정신없이 달리느라 지금의 행복을 놓치지 말자. 오늘 행복한 사람이 내일도 행복하다. 점이 모여 선이 되고 선이 모여 면이 되듯, 지금의 행복이 쌓여 시간이 되고 시절이 되고 행복한 삶이 된다. 습관처럼 잠시 멈춰 행복을 느끼자. 멈춤이 필요한 이유이다.

당신에게 멈추는 시간을 선물합니다

1-10.
너무 바빠 힘들다면 잠시 멈출 시간

조보라

　'바쁘다, 바빠'를 언제부터 달고 살았을까? 대학 시절로 거슬러 올라가 본다. 캠퍼스 안을 총총거리며 뛰어다녔던 내 모습이 떠오른다. 매 학기 최대 신청 학점인 21학점을 꽉 채워서 수업을 들었다. 학교 내 부설로 운영되는 영어교육 프로그램에도 신청하여 참여했다. 교내에서 외국인 선생님들에게 배우는 좋은 기회였다. 멀리 학원 가지 않으니, 시간도 절약됐다. 영어교육은 주 5일, 아침 7시 10분부터 8시 40분까지 진행됐다. 영어 수업 마친 후, 9시에 시작되는 1교시 수업을 위해 강의실로 이동했다. 교내 동아리 모임에도 주 4~5회 참여했다. 교내 합창단원으로도 활동하였다. 학과 학생회 임원으로 총무도 맡았다. 또 학과 내에 소분과 모임을 기획하여 모임을 추진했다.

　학교 수업을 마친 후에는 일주일에 두 번, 봉사활동을 위해 아이들이 있는 공부방으로 달려갔다. 그곳에서 아이들에게 영어를 가르쳤다. 저녁에는 과외 아르바이트를 하며 학비와 용돈을 벌었다. 교회에서 예배 반주자와 교사로 봉사했다. 수요일, 금요일, 주일 예배에 빠짐없이 나갔다. 이 와중에, 틈틈이 약속을 잡아 친구도 만나서 놀았다. 연애도 하면서 데이트도 하고!

대학 졸업 후, 바로 대학원에 진학했다. 연구 프로젝트 참여와 석사논문까지 마치고 취직했다. 첫 직장생활은 호락호락하지 않았다. 아동학대 예방 업무를 하게 됐다. 담당 업무를 척척, 멋지게 잘 해내고 싶었다. 현실은 실수투성이에 어리바리한 모습이었다. 상사는 업무를 지시했으나 경험이 없는 나는 업무 흐름을 파악하기 쉽지 않았다. 작성해 간 보고서를 본 상사는 한숨을 팍 쉬며 "대학원 나온 놈 맞아?", "현장 경험도 없이 도대체 뭘 어떻게 한다고!" 소리를 높였다. 업무 보고 때마다 자꾸 혼나니 나는 점점 작아졌다. '신입은 모를 수밖에 없는 것 아닌가? 다 알고 있다면 경력 직원이겠지'라며 볼멘소리가 목까지 올라왔다.

인정받고 말리라 마음을 다잡았다. 아침에 일찍 출근하여 법령, 정책, 자료, 기사 등을 찾아보며 아동학대 동향을 파악했다. 맡은 업무에 시간과 열정을 쏟았다. 퇴근 시간이 지나도 일을 멈추지 않았다. 늦은 퇴근, 몸이 천근만근 무거웠다. 아침에 일어나는 게 점점 힘들어졌다. 간신히 몸을 질질 끌어 지하철에 탔다.

어느 날, 사무실에 손님이 오셨다. 차를 대접하려고 찻잔에 차를 담았다. 가져가려고 찻잔을 잡았는데 손이 바들바들 떨렸다. 찻잔에 담긴 차가 흘러넘칠 뻔했다. 옆에서 지켜보던 선임이 괜찮냐고 묻는다. 병원을 가 보는 게 좋겠다고 얘기한다. 안 그래도 아침 출근길, 식은땀이 나고, 몸이 땅으로 꺼지는 느낌이 들던 차였다. 야근으로 인한 피로감이라고만 생각했다. 아무래도 병원을 가 봐야겠다는 마음이 들었다.

한의원에 가서 진맥을 받아보았다. 한의사는 최근에 실연당한 일이 있냐고 물었다. 직장생활에 치여 연애도 못 하고 있는데 이건 또 무슨 소리인가. "헤어질 사람이라도 있었으면 좋겠네요."라며 헛웃음을 지으며 답했다. 진맥 상 맥박이 이상하다고 했다.

이번에는 병원에 가 보았다. 의사는 내 증상 몇 가지를 듣더니 피검사를 해 보자고 했다. 며칠 후 다시 병원을 찾았다. 진단명은 '갑상선 기능 항진증'이었다. 갑상샘에서 분비되는 호르몬을 통해 우리 몸의 체온, 신진대사 등 다양한 신체 기능이 조절되는데 나의 경우, 갑상샘 호르몬이 정상보다 많이 분비되고 있다는 것이었다.

갑상선 기능 항진증은 '심박수 및 혈압 증가, 부정맥으로 인한 두근거림, 과도한 발한 및 지나치게 더운 느낌, 손의 떨림, 피로 및 쇠약'의 증상을 보인다. 한참 전부터 이런 증상들이 내 몸에 나타나고 있었다. 나는 피곤해서 나타나는 것들이라고만 생각했다.

의사는 수치가 너무 높아 약을 최대치로 써야 한다고 했다. 이런 몸 상태로는 무리하거나 야근하면 안 된다고 주의 주었다. 직장에서 더 잘 해내고 싶어서 안간힘을 쓰다가 면역체계의 불균형이 일어난 것 같았다.

몸이 아프다는 것은 자신을 돌보라는 신호다. 내버려 두면 활활 타오르며 불타올라 재가 될 것이 자명하니, 몸이 대신해서 사인을 보내는 거다. '이제 쉬세요! 멈춰야 할 때가 되었습니다.'라고 말하는 것이다. 갑상선 기능 항진증은 나에게 멈추는 시간을 선물했다. 아프고 나니, 비로소 멈추게 되었다.

시간이 훌쩍 지났다. 현재는 두 아이를 키우면서 직장생활도 하고 있다. 더불어 글 쓰는 작가로도 살아간다. 대학 시절, 하루를 꽉 채워서 일정을 보내고 숨 가쁘게 뛰어다니던 모습이었다. 마흔이 지난 지금까지 그 모습은 그대로 이어지고 있다. 지금도 입에 달고 사는 말 '바쁘다, 바빠.' 대학 입학 후 졸업, 취업, 결혼, 자녀 육아, 직장생활까지 계속 이어져 왔다. 끝없이 달리는 기분이다. 할 일은 계속 생기고, 계속 쌓인다. 숨이 차오른다.

이전과 달라진 점이 있다. 이제는 그럴 때마다 한 번씩 멈추는 시간을 갖는다. 의도적으로 나에게 멈추는 시간을 선물하는 것이다. 멈추고 사색하는 시간을 갖는다.

멈추는 시간이 왜 필요할까?

첫째, 멈추어야 마음을 돌아볼 시간이 생긴다. 그 시간을 통해 그동안 얼마나 힘들었는지, 고생하고 있었는지 알아차린다. 실수할까 봐, 혼날까 봐 조마조마하면서 걱정할 때가 많았다. 내가 할 수 있는 것 이상으로 잘 해내려고 안간힘을 썼다. 실수 없이 잘 해내려는 내 마음을 먼저 내려놓아야 했다. 얼마나 애쓰고 있었는지 마음을 알아주고 위로해 주는 게 필요하다. '실수할 수도 있지. 혼날 수도 있지. 그게 당연한 거지. 그러면서 배우는 거지.' 마음을 이해하고 토닥여 준다.

둘째, 멈추어야 건강을 챙길 수 있다. 건강을 위해 야근 줄이고 퇴근하려고 노력했다. 몸이 어디가 아프다고 하는지, 몸이 보내는 신호를 살펴야 한다. 몸은 그 어떤 것보다 소중하다. 건강을 잃으면 다른 것도 할 수 없다. 자기 몸은 스스로 챙겨야 한다.

셋째, 멈추어야 중요한 사람을 챙길 수 있다. 시간이 지날수록 맡은 일, 해야 할 일이 많아진다. 멈추면 내 인생에 중요한 사람이 누구인지 생각하게 된다. 중요한 사람에게 먼저 에너지를 집중할 수 있게 된다. 우리는 모든 사람에게 다 잘할 수 없다. 체력한계, 시간 한계가 있기 때문이다. 정말 꼭 중요한 사람을 놓치지 않고 진심으로 사랑하려면 멈춰야 한다.

'나는 왜 이렇게 바쁠까?' 이 말을 자주 하게 된다면, 멈추는 것이 필요한 시점이다. 당신은 어디에서 멈추어야 할지 알고 있는가? 지금이 그 시간이 아닐까? 왜 이렇게 바쁜지 생각해 보고 사색하는 시간을 가져 보는 것이다. 멈추는 시간은 외부로 향하던 에너지를 나에게 돌리는 시간이다. 그 시간을 통해 마음의 힘을 다시 채운다. 그 힘으로 하루를 살아갈 수 있게 된다.

나는 탈이 난 후 멈추는 시간을 가졌다. 내가 과거의 나를 다시 만날 수 있다면, 몸이 아프기 전에 멈추라고 말해 줄 것이다. 달리다가 멈춰 서는 시간을 가지라고 말하고 싶다. 오늘도 나는 숨 고르기를 하며 잠시 멈춘다.

2장

멈추면 어떤 일이 벌어지는가

2-1.
더도 말고 덜도 말고 딱 5분!

글빛현주

하늘이 파랗다. 콧노래를 흥얼거렸다. 어영부영 시간을 보내느니 약속 장소에 미리 나가기로 했다. 오랜만에 삼거리 공원이라도 한 바퀴 돌아 봐야지. 운전을 좋아한다. 차에 타면 노래를 튼다. 볼륨을 높였다. 목청껏 소리를 지르며 따라 부르기도 한다. 창문을 열어 바람을 담아본다. 손가락 사이로 바람이 스친다. 상쾌한 기분 조금 쌀쌀해진 날씨지만 코끝은 시원하다.

'앞으로 내가 맞이할 가을은 몇 번이나 될까.'

생각을 안 했다. 정확히 말하자면 무슨 생각을 해야 할지 몰랐다. 고민과 걱정을 생각이라고 여겼다. 생각을 많이 할수록 성장하고 발전한다고 믿었다. 하지만 내가 하는 생각은 불안과 두려움만 키웠다.

이십 대 땐 생각 없이 살았다. 그저 마음만 급했다. 오해도 있었고 말실수도 했다. 무의식적인 행동의 반복, 대부분은 의미 없는 짓이었다. 먹고 싶으면 먹고, 자고 싶으면 자고, 놀고 싶으면 놀았다. 삼십이 넘어도 크게 달라지지 않았다. 몇 시간을 핸드폰만 보면서 킥킥거렸다. 휴일에는 이불과 한 몸이 되어 이리로 저리로 뒹굴뒹굴했다. 종일 늘어져 누워있었다. 그런 시간을 충전한다고 생각했다. 이렇게 해야 제대로 쉬는 거라고. 계획도 없고 재미도 없는, 반복되는 하루 지루했다. 편안함과 익숙함에 젖어 변화가 싫었다. 새로운 것은 귀찮고 두려웠다. 이 정도면 잘하고 있는 거지. 스스로 위로했다. 오십이 되니 오만가지 잡다한 생각이 더 심해졌다. 바꿀 수 없는 과거, 실패와 실수를 등에 지고 다니며 후회했다. 아직 오지 않은 미래의 일을 상상하며 걱정했다. 지금에 집중하지 못했다. 별안간 안 좋은 일이 생길 것처럼 겁이 나기도 했다. 심장이 쿵쾅댔다.

알람 소리에 벌떡 일어나 앉았다. 눈을 비볐다. 새벽 5시, 조용히 스탠드 전원을 켜고 책을 펼쳤다. 여유시간 30분, 조금만 더 읽자. 특별한 경우를 제외하고 매주 토요일, 독서 모임에 갔다. 이번 주는 서은국의 「행복의 기원」이다. 바쁘다는 핑계로 다 읽지 못했다. 나름대로 정리해 보니 인간은 생존보다 꿈과 사랑, 행복을 위해 살아간다는 것. 사람들의 최종 목표는 '행복'이라는 것. 그렇지, 고개를 끄덕였다. 행복에 관한 이야기를 나눠서일까. 여느 때보다 집중이 잘 됐다. 행복이 뭘까, 어떻게 하면 행복할까. 내가 생각하는 행복은 즐겁고 재미있는 일이 많이 일어나는 것, 충분히 사랑받고 충분히 사랑하는 것이다. 내가 해 왔던 일, 지금 하는 일, 앞으로 해야 할 모든 것들은 결국 '행복하게 살고 싶다는 마음'과 연결됐다. 이런저런 생각을 하다 보니 요즘 들어 불안해하는 내 마음이 보였다.

생각은 많은데 행동이 없었다. '이렇게 하면 좋겠다. 저것도 괜찮은데, 해 볼까? 아니지. 뭘 또 해. 지금도 정신없는데.' 가만히 앉아서 생각만 했다. 몸을 움직여 직접 경험하고 느껴봐야 하는데 두려운 마음에 시작하지 못했다. 잔뜩 웅크리고 앉아 땅만 팠다.

생각할수록 안 좋은 생각만 늘었다. 긍정적인 생각을 하려 했지만 부정적인 감정만 쌓였다. 결국엔 기분까지 나빠졌다. 아니, 생각하는 데 돈 드는 것도 아니고, 이왕이면 좋은 생각을 해야지 왜 자꾸 안 좋은 생각을 해. 자책했다.

주변에 명상하는 사람들이 많았다. 좋다는 말에 나도 따라 해 보기로 했다. 유튜브에서 동영상을 찾았다. 영상이 너무 많았다. 고르고 골라 쉽게 따라 할 수 있는 영상을 찾았다. '5분 명상' 짧은 시간이 마음에 들었다. 하루 3번, 밥 챙겨 먹듯 알람을 맞췄다. 알람이 울리면 동영상을 재생했다. 처음엔 어색했다. 눈을 감아도 잘게 떨리며 슬금슬금 실눈을 떴다. 벌레가 기어다니는 것처럼 몸이 근질거렸다. 가만히 앉아 있는 게 이렇게 어려울 일인가. 몇 번 시도를 한 끝에 시작 전, 일부러 어깨와 팔, 다리를 움직였다. 몸의 긴장을 풀었다. 가장 편안한 자세를 잡고 눈을 감았다. 명상은 마치 학창 시절 수업이 끝난 후 주어지는 쉬는 시간 같았다. 제법 명상이 익숙해지자, 긍정 확언도 했다. 아무도 없는 차 안, 작은 소리로 중얼거렸다. 누가 듣는 것도 아닌데 부끄러웠다. 그래도 했다. 가끔은 녹음을 해 노래처럼 듣기도 했다. 반복할수록 어깨가 펴졌다. 명상과 확언으로 세 가지의 변화가 생겼다.

첫째, 무언가 해냈다는 성취감을 느낄 수 있었다.

조금이라도 틈이 생기면 잡다한 생각이 비집고 들어왔다. 대부분은 부정적인 생각이다. 어렵고 힘든, 나쁜 감정들. 생각을 멈추려고 핸드폰을 만지작거렸다. 결국엔 머리를 식히지도 못하고 시간만 날렸다. 필요 없는 정보, 쓸데없는 이야기. '아이고, 또 이렇게 시간만 버렸네….' 한심했다. 유튜브에서 '부정적인 생각 떨쳐버리기'와 '아침에 하는 5분 긍정 확언' 영상을 찾았다. 비교적 쉽게 따라 할 수 있었다. 핸드폰을 열면 바로 볼 수 있도록 화면에 추가했다. 운전할 때는 소리라도 들었다. 여유가 생기면 영상을 재생했다. 보고 듣고 따라 했다. 반복하다 보니 머리가 맑아졌다. 오늘 나를 위해 무언가 해냈다는 뿌듯함도 생겼다.

둘째, 나를 소중히 대하는 마음이 생겼다.

게으르고 잘하는 게 없는, 부족한 사람이라고 생각했다. 나를 바라보는 나는 늘 불만 가득했다. 부정적인 시선. 다른 사람과 비교하며 눈치를 봤다. 타인이 우선이었다. 일을 잘 마무리하고도 만족하지 못했다. '다른 사람을 만족시켜야 한다.'라는 기준은 더 엄격하고 냉정한 비평가 역할을 했다. 그게 옳다고 생각했다. 하지만 확언과 명상을 하면서 내면에 관심을 갖게 되었다. 다른 사람의 말과 행동은 단지 '의견'일 뿐이라는 것을 깨달았다. 내 것이 아닌 것에 집중하느라 정작 나를 놓쳤다. 지금까지 잘해 온 나를 인정했다. 주어진 일에 최선을 다해 노력하는 나, 세상에 하나뿐인 소중한 나. 힘껏 응원했다. 덕분에 오늘은 어떤 좋은 일이 생길까, 하루를 설렘으로 시작할 수 있었다.

셋째, 걱정과 불안을 덜어낼 수 있게 되었다.

사소한 문제에도 불안했다. 해결하지 못할까 걱정했다. 시간이 지나면 어떻게 되겠지. 결국엔 포기하는 마음이 생겼다. 책임보다 회피가 늘었다. 틈틈이 듣고, 소리 내어 따라 하는 명상과 확언은 내 방의 검은색 암막 커튼을 확 걷어버렸다. 밝은 빛을 받아들이는 창이 되었다. 이미 생긴 문제는 안달해도 어쩔 수 없다. 미리 예방할 수 있었다면 좋았겠지만. 걱정하고 불안해하기보다 원인이 무엇인지 정확하게 파악하려고 했다. 종이를 꺼냈다. 낙서하듯 이것저것 끄적거렸다. 그러다 보면 생각하지 못했던 방법이 떠오르기도 했다. 반복된 실수를 없애려고 준비했다. 비슷한 상황이 생기지 않도록 주의를 기울였다. 복잡한 생각을 정리할 수 있는 시간, 걱정과 불안을 줄일 수 있었다.

5분, '멈춤의 시간'은 한자리에 머물러있는 나를 조금씩 앞으로 나아가게 했다. 소소한 성취감도 느낄 수 있었고 나를 소중히 여기는 시간도 되었다. 실체 없는 불안과 두려움에서 서서히 멀어지게 했다. 명상과 확언이 모두에게 다 좋을 거라 장담할 수는 없다. 따라 해보니 더 좋은 효과를 얻을 수도 있고, 반대로 별거 아니라는 생각이 들 수도 있다. 지금에 만족하고 있고, 마음도 편안하다면 굳이 안 해도 괜찮다. 하지만 걱정과 불안을 내려놓고 싶다면, 지금 힘들고 지친다면, 바쁘게 사는 일상에 잠시 숨 쉴 틈이 필요하다면, 짧은 명상과 긍정 확언을 해보자고 권하고 싶다.

다른 성격으로 살아가기

김윤정

"못 살겠다 진짜. 내가 몇 번이나 말했노."

빨래하려고 바구니 안에서 옷을 꺼냈을 때였다. 하나같이 다 뒤집어 있었다. 내 속도 같이 뒤집히는 것 같았다. 가스레인지 불 위에서 들썩거리는 냄비처럼 얼굴이 벌게져 부글부글 끓어올랐다. 결혼생활 십여 년 동안 똑같은 말을 아마 일억 오천 번은 했을 것이다. 집에서 키우는 강아지도 앉으라고 몇 번 훈련하면 척척 잘 알아듣는데, 소귀에 경 읽기가 이런 건가 싶다. 생각하면 할수록 화가 났다. 남편은 이런 내 기분 상태를 아는지 모르는지 웃으면서 다가왔다. 확 한 대 쳤으면 싶었다. 왜 이게 뒤집혀 있냐는 능청스러운 말투와 표정으로 내 속을 더 뒤집어 놓았다. 언제나 이런 식이다. 몇 번이고 말해도 행동이 고쳐지지 않는다. 남의 속도 모르고 능구렁이처럼 능글거린다.

나는 노란 봉지 커피를 두 개나 컵에 넣고 물을 부었다. 기분이 좋지 않을 때는 역시 달콤함이 최고다. 성난 마음이 소파가 푹 꺼지도록 앉으면 누그러질까봐 힘을 주어 앉았다. 남편이 졸졸 따라왔다. '말하지 마라. 말하지 마라. 아무 말도 하지 마라.' 속으로 주문을 외우고 있는 순간, 화났냐고 물어보는 목소리가 옆에서 들려왔다. 어찌 된 일인지 주문도 통하지 않는다. 눈이 찢어질 정도로 옆을 째려보았다. "옷을 뒤집어 놓지 마라, 치약 뚜껑 닫아라, 빗은 머리 빗고 제자리에 놔둬라." 등 맨날 하던 잔소리를 또 반복했다. 무조건 "미안해"와 "알았다"로 마무리되는 재미없고 지겨운 다큐멘터리다.

무거운 공기가 거실을 맴돈다. 방 안에 있던 아들이 고개를 빼꼼 내밀다 나와 눈이 마주쳤다. 자기 손가락으로 뿔을 만들어 화가 난 내 표정을 흉내 냈다. 방에 들어가라는 소리에 오히려 도로 방 밖으로 나와 남편 옆에 앉았다. 청개구리다. 이제 두 사람의 콩트가 시작된다. 남편은 "옷을 뒤집어 놓지 마라, 치약 뚜껑 닫아라, 빗은 머리 빗고 제자리에 놔둬라." 등 방금 내가 했던 말 그대로 아들에게 전했다.

인상을 찡그리고 있는 엄마와 싱글거리며 웃고 있는 아빠의 모습을 아들은 한참 동안 번갈아 보더니 MBTI 이야기를 꺼냈다. 사람 성격을 16가지 유형으로 분류한 이 검사가 요즘 MZ세대들에게 인기다. 요즘에는 회사 면접을 볼 때도 MBTI가 뭐냐고 물어본다는 이야기를 들은 적이 있다. 일찍이 나는 이 검사를 했다. 나는 ISFJ다. 아들은 성격 특징을 찾아서 읽어주기 시작했다. 성실하고 온화하며 협조도 잘하는 용감한 수호자형. 하지만 성격이 예민해서 그냥 지나치지 못하고, 보수적이며 변화를 좋아하지 않는다고 적혀있었다. 틀을 깨는 것을 두려워하고 자기 감정을 표현하지 못해 속병을 앓는 경우가 많다고 나왔다. 물론 정확하게 다 들어맞는 것은 아니다. 성격을 어떻게 16가지 유형에 다 꿰 맞출 수가 있을까. 하지만 지금 기분 상태로는 이 검사가 신통방통한 족집게 선생님 같다.

남편의 성격 유형이 궁금했다. 대체 어떻게 생겨먹었는지 알고 싶었다. 아들은 인터넷 포털 검색창에 '테스트'라는 단어를 입력했다. 검사 시간은 약 십 분이면 된다. 이 짧은 시간 후면 내가 왜 신랑에게 잔소리하는지에 대한 객관적인 이유를 찾을 수 있을 것 같아 시작 전부터 흥분되었다. 손바닥만 한 휴대폰 액정화면에 남편과 아들 그리고 나, 세 가족은 머리를 서로 맞대었다. 질문 항목이 나올 때마다 나는 이거라며 손가락으로 짚었다. 남편이 확인하기도 전에 내가 먼저 체크로 표시했다. 자기에 대해 너무나 잘 알고 있다고 밝게 말하는 그의 목소리에 나는 고개를 들어 한 번 더 눈을 흘겼다.

남편은 ESTP로 나왔다. 오감으로 느낄 수 있는 다양한 활동을 좋아하는 한 마디로 수완 좋은 사업가형. 개방적이고 새로운 것을 받아들이는 데 거리낌이 없다고 했다. 성급한 성격이라 세심하지 못해도 낙천적이며, 공감 능력은 부족하지만 다정하다고 적혀있었다. 남편은 옆에서 연신 고개를 끄덕였다. 막상 결과를 마주하자 신기하게도 흥분되었던 마음이 가라앉았다. 성격이 급해 옷을 뒤집어서 벗어놓았을지 모른다는 생각이 들었다. 공감 능력이 부족해 내가 화났다는 것을 눈치채지 못했을 수도 있

당신에게 멈추는 시간을 선물합니다

다고 생각되었다. 남편은 사소하다고 생각한 문제를 성격이 예민한 내가 그냥 지나치지 못했던 것이 아니었을까. 나는 변화를 좋아하지 않기 때문에 늘 하던 대로 해야 했고, 있던 곳에 놓여있어야 직성이 풀렸다. 화나도 감정을 솔직하게 말하지 않았다. 당연히 그는 내 기분을 헤아리지 못했다.

나는 좋고 너는 나쁘다 이런 게 아니었다. 성격이 다를 뿐이다. 행동을 바라보는 시각의 각도를 아주 살짝만 바꾸면 문제가 쉽게 해결되는 것이었다. 짜증과 화로 가득 찬 새빨간 도화지에 이해라는 하얀색 물감이 칠해져 분홍색 파스텔 빛깔로 뿌려졌다. 화가 난 감정을 멈추었더니 긴장된 분위기가 누그러졌다. 평생 다른 성격으로 살아오다 결혼하고 가족이 되었다. 십 년 아니, 백 년을 같이 살아도 퍼즐처럼 딱 들어맞을 수 없다.

아들은 엄마, 아빠의 성격 두 유형이 얼마나 잘 맞는지 궁합을 보자고 했다. 남자 ESTP와 여자 ISFJ는 천생연분이라고 나왔다. 남편은 그럴 줄 알았다며 나를 꼭 껴안았다. 아들은 쳇 하며 콧방귀를 뀌었다. 나는 비시시 웃음이 나왔다. 그러고 보니 남편은 정리는 잘 못하지만, 요리는 나보다 훨씬 잘한다. 칼질을 못해서 손이 베인 나를 위해 양파와 파를 썰어 냉장고에 넣어두기도 한다. 흔히들 부부란 '모자라는 부분을 서로 채워가며 인생을 같이 코디해 나간다.'라고 표현한다. 어른들이 말하는 부부가 되어가는 과정이 아마도 이런 게 아닌가 싶다.

자리에서 일어나 욕실로 들어갔다. "이 씨" 입에서 욕이 절로 나왔다. 이번에는 치약 뚜껑이 닫혀있지 않았다. 사그라든 불꽃이 다시 타오르려고 하는 찰나, 조금 전 검사 결과에 나온 남편과 내 성격이 다르다는 것을 생각했다. 한숨을 내쉬며 밖에 있는 두 남자에게 치약 뚜껑 제대로 닫으라고 다시 말했다. 앞으로 일억 오천 번 더 말하면 한번은 내가 부탁하는 대로 하는 날이 오지 않을까. '천생연분은 무슨!' 속으로 생각하면서 나는 치약 뚜껑을 톡 닫았다.

당신에게 멈추는 시간을 선물합니다

2-3.
마음 휴게소

김효진

멈추지 않았으면 최악의 휴가가 될 뻔했다.

"안전벨트 했어?"

예상보다 늦게 출발했다. 아파트 주차장을 나오니 햇살에 눈이 부시다. 날씨 좋다는 말이 절로 나온다. 근처 분식집에서 김밥 네 줄을 사고 다시 차에 시동을 걸었다. 남편의 휴대폰에 저장되어 있던 90년대 가요가 자동으로 재생되었다.

"아빠, 노래 좀 바꿔."

초등학교 2학년이었던 둘째 딸아이가 불만을 표현했다. 남편은 코웃음 치며 볼륨을 더 높였다. 그래도 자주 듣던 노래여서 그런지 딸아이는 투덜거리면서도 조금씩 흥얼거린다. '날씨도 좋고 기분도 좋고, 아무튼 이래저래 좋았던 거야.'라고 들리는 노래 가사처럼 우리도 이래저래 좋았다.

10분 정도가 지났을까. 남편 휴대폰 벨 소리가 울리더니 동시에 음악이 멈췄다. 내비게이션 화면에 남편 회사 이름이 크게 떴다. 순간, 일상의 흐름이 끊어진 것처럼 내 마음이 멎었다.

"네, 맞습니다. 네네, 지금 휴가 가는 중인데. 에러요?"

남편은 프로그래머다. 프로그램을 운영하기 때문에 갑작스럽게 서버에 문제가 생겼거나 다른 파트에서 수정이 필요한 문제가 발생하면 밤낮없이 일하러 나간다. 5분, 10분, 30분. 여기저기 담당자들에게 전화하고 확인하라는 지시를 내리는 남편을 보니 불안하다. 오랜만의 휴가인데 스피커에서 들려오는 회사, 해결, 에러, 담당자, 알아들을 수 없는 프로그램 언어들이 마치 열리지 않는 유리병 뚜껑처럼 마음을 답답하게 만들었다. 내 얼굴이 구겨진다.

"경로를 이탈하였습니다. 재탐색을 시작합니다."

내비게이션에서 흘러나오는 낯선 여자의 목소리를 듣자마자, 내 머릿속에 있던 뇌도 이성의 경로를 벗어났다.

"야!"

"예?"

남편 대신 수화기 너머 다른 상대가 대답했다. 차량 스피커로 통화 중인 것을 깜빡했다. 남편 눈이 커지더니 상대방에게 애들한테 그랬다는 말로 수습한다. 나는 운전 제대로 안 하냐는 말을 억지로 삼켰다. 창밖으로 시선을 돌리니 눈 부신 햇살에 인상이 더욱 찡그려졌다. 출박학 때의 설렘과 기분 좋은 눈부심은 이미 사라지고 화가 나 눈썹만 삐죽거렸다. 남편은 여전히 전화로 입씨름 중이다. 통화하는 내내 여기는 걱정하지 말고 휴가나 잘 갔다 오라는 직원은 아무도 없었다. 도대체 이놈의 회사는 남편 없으면 굴러나 가겠냐는 생각이 들었다.

화장실이 급한 둘째 때문에 휴게소에 들어갔다. 아이들을 화장실로 들여보내고, 나는 근처에 있는 의자에 잠시 앉았다. 아직도 통화 중인 남편이 보인다. 화가 목구멍까지 치밀어 올라 목이 아프다. 자꾸 한숨만 나온다. 평소라면 또박또박 따져가며 말할 텐데 통화가 계속 이어지니 틈이 없다. 문제도 여전히 해결되지 않고 기분도 그다지 좋지 않은데 집에 가자고 말할까. 멀리 갔다가 다시 회사 가야 한다는 말을 듣는 것보다는 그게 더 낫지 않을까. 내가 왜 이렇게 화가 나야 하는 걸까. 마음속의 부정적인 생각이 풍선처럼 부풀어 오르는 걸 알아챘다.

구름이 해를 가렸다. 눈을 감았다. 최대한 길게 숨을 내쉬었다. 남편의 얼굴에 대고 하고 싶은 말을 눈을 감고 있는 힘껏 상상했다.

'야, 이 바보 멍청이야, 너는 입도 없냐. 회사는 너 혼자서 일하니. 직원들은 됐다 뭐 할래. 휴가라고 다른 담당자에게 연락해 준다고 말도 못 해. 맨날 그렇잖아. 휴가 가는 동안 계속해서 회사 사람들과 통화하고 길도 잘못 들어. 오늘만 그런 거 아니잖아. 명절 때도, 시골 갈 때도, 여행 갈 때도 어디 가기만 하면 전화가 끊이지 않지. 그냥 전화를 아예 꺼놓으라고. 아 정말. 이럴 거면 휴가는 왜 가. 일이나 하지. 평생 일만 하고 살래. 우리보다 일이 먼저지. 내가 당장 죽는다고 해도 일을 마치고 올 거냐. 그냥 기사 한 명 붙여줘. 우리끼리 휴가 다녀올 테니까!'

이왕 상상하는 김에 남편 코앞에 대고 삿대질도 하고, 정강이도 발로 차버렸다. 물도 한 바가지 뿌려줬다. 아침마다 고대기로 쫙 펴놓은 남편 머리칼이 금방 파마한 아줌마 머리처럼 곱슬곱슬했다. 물에 빠진 생쥐 꼴이다. 상상이지만 속이 시원했다. 눈을 감은 내 눈꺼풀 안쪽에 빛이 스며들어 붉게 물든다. 얼굴과 몸이 따뜻해졌다. 웃음이 나왔다. 화장실에서 나온 아이들이 보인다.

"엄마 왜 웃어?"

"좋아서 웃지."

전화하고 있는 남편 뒷주머니를 더듬어 지갑을 꺼낸다. 노란 카드 하나 뽑아 들고 소심한 복수를 한다. "먹고 싶은 거 다 골라. 오늘은 엄마가 쏜다."

멈춤 속에서만 가능한 발견이 있다. 바로 내 기분에 대한 이해다. 부정적인 감정을 이해하고 받아들이며 상황에 대한 기분을 변화시키는 법을 나는 멈춤으로 배우고 있었다. 다시 시간을 즐기기로 했다. 화와 불만 대신 마음속에는 설렘의 바람이 살랑거렸다. 남편이 전화를 마치고 차에 돌아왔다. 우리 가족이 휴게소에서 제일 좋아하는 간식 왕 문어 다리를 신랑에게 건네며 말했다.

"자기야, 가자!"

인생에서 멈춤은 꼭 필요하다. 거센 불처럼 타오르는 화에 휩싸일 때가 있다. 속도가 과해 멈추기 힘든 일도 있다. 그럴 때일수록 멈춰야 한다. 왜냐면 우리 자신과 타인, 세상 모든 것들과 소통하는 방법은 바로 '멈춤' 속에서 찾아낼 수 있기 때문이다. 자신에게 집중하고, 내 안에서 부딪히고 있는 감정과 솔직하게 대화하고 공감하는 시간이 필요하다. 내가 멈출 때, 세상도 함께 멈추고 나의 다음 행동을 기대한다. 그 순간부턴 진짜 변화가 시작된다. 멈추면 새로운 세상이 펼쳐진다.

2-4.
운전하는 시간 덕분에 얻는 것 세 가지

백란현

장롱면허다. 서른다섯, 면허를 취득한 후 운전대를 잡아본 적 없었다. 주차를 잘 할 수 있을까 걱정이 앞섰기 때문이다. 둘째 희진이가 김해시립 소년소녀합창단원이 되었다. 연습 장소 김해문화의전당까지 30분 걸린다. 주 2회 택시를 태워 보내려니 돈이 아까웠다. 도로 주행 열 시간 연수를 받은 후 데려다주기 시작했다.

셋째가 초등 1학년이 되었다. 태권도 학원 차에서 내린 후 혼자 집에 들어올 수 있다. 칼같이 퇴근하지 않아도 되니 나의 퇴근 시간은 점점 늦어졌다. 오후 5시부터 시작하는 쌍방향 수업도 운영하기 시작했다

업무 면에서 하루 마감은 중요하지만 나이가 들수록 순발력이 떨어지는 것 같다. 일을 하고도 개운하지 않다. 스물여섯 명이 제출한 과제를 절반 정도만 확인하고 집에 가는 기분 같았다. 끝

내지 못한 일이 여러 개라면 퇴근길은 더 무겁게 느껴진다.

일주일에 두 번, 칼퇴근해야 한다. 마무리하지 못한 업무는 메모해서 모니터에 붙여두고 퇴근했다. 5시에 차 시동을 건다. 내비게이션에 김해문화의전당 목적지를 입력한다. 운전석 의자를 앞으로 당긴다. 백미러와 사이드미러까지 조절한 후 출발한다. 차로를 변경해야 하는 번화가만 빠져나가면 긴장은 줄어든다. 지금부터가 나의 '멈춤' 시간이다. 밤 9시에 시작하는 줌 수업이 없을 때는 책과 노트북도 챙겨서 출발한다. 희진이가 합창 연습 마칠 때까지 인근 카페에서 기다린다.

운전하는 시간 덕분에 세 가지 혜택을 얻었다.

첫째, 운전하는 왕복 한 시간 동안 좋아하는 음악을 듣는 기회 생겼다. 도로 주행 연수 강사는 "딸을 위해 운전한다고 생각하지 말고 자신을 위해 운전한다고 생각하세요."라고 내게 말했다. 장롱면허 8년 기간 동안 내가 잃은 것은 버스나 택시로 이동할 때의 시간과 돈이라고 생각했다. 그런데 연수 강사는 '자유'를 잃었다고 생각하는 것 같았다. 걸어서 집과 학교만 왔다 갔다 했다. 김해에서 20년째 살고 있지만 운전하기 전에는 창원과 부산에 나간 적 없었다. 기껏해야 현장 체험학습 학생 인솔을 위해 가는 출장이 전부다.

운전 중, 사고 날까 봐 겁이 났다. 나를 위한 운전이라는 말을 이해하지 못했다. 희진이 데려다주는 시간만 운전하다 보니 아직 초보다. 다른 사람보다 운전 속도가 느리다. 10분은 더 차에 머무르게 된다. 그만큼 노래를 많이 듣는다. 2015년에 산 내 차 스파크엔 CD가 재생된다. 결혼 전 구매했던 CCM CD가 차에 여러

장 있다. 한 장만 줄기차게 듣는다. 노래 나오는 트랙 순서를 외우는 수준이다. 20년 전 들었던 노래를 차에서 듣고 부른다. 시간여행이다. 20대 초반, 교회에서 피아노 반주했던 경험도 생각났고 성가대로 무대에 섰던 기억도 난다. 내가 좋아하는 음악을 즐기는 한 시간의 운전. 일상을 멈춘 덕분에 가지게 된 기회다. 일주일에 두 번, 잡다한 생각 비우고 운전과 노래에 집중한다.

둘째, 운전 덕분에 김해 시내 연지공원도 한 바퀴 돌 수 있는 여유도 가지게 되었다.

지금은 30분 걸리는 김해 장유에 살고 있지만, 2004년 학교 발령받은 직후에는 김해 시내에 살았다. 국립 김해박물관과 연지공원이 가까운 주택이었다. 퇴근 후에는 연지공원 산책도 했었고 인근 홈플러스에서 먹을거리도 샀었다. 걸어서 다니기 딱 좋은 위치였다. 김해도서관도 근처에 있었다. 그땐 운전면허도, 운전할 일도 없었다. 첫째 희수 생후 6개월일 때 장유에 있는 임대 아파트로 이사했다. 이사 후, 분수가 있는 연지공원과 멀어졌다는 점이 아쉬웠다. 봄이나 가을, 날씨 좋을 때 한 번씩 딸들 데리고 방문하기는 하지만 긴 시간 머물지 못한다. 튤립이 있는 공간에서 혼자 걸을 기회도 없었다.

희진이가 김해문화의전당 합창 연습 장소로 들어가면, 나는 한 번씩 연지공원에 간다. 오후 6시에서 6시 30분까지 연지공원 세 바퀴 걸은 후 주차장으로 향한다. 공저 신간이 나왔을 때는 공원 호수를 배경으로 하여 책 표지 사진도 찍었다. 멈춤의 시간이자 혼자만의 데이트다. 버스 타고 연지공원에 온다면 걷는 시간, 버스 탑승 포함 편도 1시간은 더 걸릴 터다. 희진이 데려다

주는 김에 공원 한 바퀴 걷기는 운전하는 시간 덕분이다.

셋째, 운전 덕분에 카페에서 책 읽고 글 쓰는 시간을 확보했다.

희진이가 합창 연습하는 매주 화요일과 금요일. 〈자이언트 북 컨설팅〉 책 쓰기 정규과정 수업은 없다. 특강이 있는 날을 제외하고는 밤 9시까지 인근 카페에서 기다린다. 미리 책과 노트북을 챙긴다. 나에게 주어진 3시간 동안 '파란 풍차' 카페 2층에서 책도 읽고 글도 쓴다. 2023년 여섯 개의 공저팀에 참여했다. 연속으로 진행되었던 초고와 퇴고, '파란 풍차'에서 희진이 기다리면서 챙겼다. 일하는 시간이라 생각하지 않는다. 나에게 멈추는 시간이자 자유시간이다. 셋째 희윤이를 여덟 살까지 키운 후 주어진 보상 같다.

평소 퇴근길 걸어오는 10분 동안 내가 집에 가서 할 일에 대해 계획한다. 장 보기, 방 정리하기, 빨래하기, 셋째 알림장 확인하기 등. 운전하는 날은 챙길 것 잠시 미루고 차 키 챙겨서 집을 나선다. 내가 둘째 희진이를 챙기는 날엔 남편이 첫째와 셋째 저녁밥을 차린다. 마음 편히 김해 시내로 나간다.

운전 덕분에 멈추는 시간을 얻었다. 안전 운전 중요하다. 차 노랫소리보다 스마트폰 내비게이션 소리가 더 크다. 다른 사람은 운전이 평범하고 익숙한 일이겠지만 마흔셋부터 운전하기 시작한 나는, 기동력을 갖추었다는 점에서 뿌듯하다.

김해를 벗어나 운전하는 일도 점점 많아질 터다. 운전하는 시간 점점 길어지길 고대하고 있다. 그때쯤이면 내차 안에서 아이유 콘서트 장면을 흉내 내지 않을까 상상해 본다.

2-5.
스위치 오프, 잠시 멈춤 효과

서영식

　　히어로 영화 『플래시』에서 주인공은 시간이 멈출 정도로 빠르게 달린다. 플래시는 계속 움직이는데 사람들은 정지상태로 있다. 멈춘 듯 느려진 시간에 아기와 간호사를 구출한다. 위기를 극복하고 문제를 해결한다. 빛의 속도로 시간과 공간을 자유자재로 다닌다. 실제 가능한 일은 아니지만 시간을 마음대로 통제할 수 있으면 어떨까 하는 생각이 들었다. 현실에서는 시간을 멈출 순 없다. 실시간으로 계속 흘러간다.

　극장에서 영화를 보면 멈출 수 없다. TV나 핸드폰으로 볼 때는 일시 정지할 수 있다. 중지하고 화장실에 가거나 다른 일을 할 수 있다.

　스마트폰에 있는 사진을 찾아본다. 사진은 멈춘 시간에 대한 기록이다. 순간을 기억하게 한다. 몇 년 전 여행의 추억, 아이들의 어릴 때 모습을 볼 수 있다. 일상에서 멈추는 순간이 필요한 이유는 세 가지다. 첫째, 생각 정리가 된다. 둘째, 마음 상태를 확인할 수 있다. 셋째, 다시 움직일 힘을 가진다. 멈춘 순간에 현재 나를 살핀다. 어떤 생각을 하는지 마음 상태를 확인한다. 나를 알고 있으면 상황에 대처할 힘이 생긴다. 기분이 안 좋은 상태라는 걸 알고 있으면 불편한 상황이더라도 통제할 수 있다.

발표의 기술 중 의도하고 침묵하는 방법이 있다. 집중을 유도하기 위해서 몇 초 동안 아무 말도 하지 않는 것이다. 발표 자료에 까만 화면을 띄워서 보여주는 방법도 있다. 집중하도록 하기 위해서다. 일상도 마찬가지다. 일시 정지하는 시간을 가지면 집중할 수 있다. 힘이 생긴다. 정신없이 앞만 보고 달리기보다는 시간이 필요하다. 나는 잘 멈추지 않는 편이다. 끊임없이 생각하고 일을 마무리하기 위해 고민한다. 잠들기 전에 할 일이 머릿속에 계속 맴돌고 있을 때도 있다. 꿈을 꾸기도 한다. 누군가는 퇴근하고 현관에 발을 들여놓는 순간 회사 일을 다 잊어버리라고도 한다. 쉽지 않다. 그래도 의도적으로 멈추는 시간을 가져야 한다. 내가 만들어야 한다. 누가 대신할 수 없다. 나만의 시간을 위해서 멈춰야 한다. 멈추는 순간 히어로 영화 주인공처럼 생각할 시간이 주어진다. 생각하고 정리할 수 있다. 멈춘다는 의미가 아무것도 하지 않는 것은 아니다. 나만의 시간을 보내기 위한 활동도 멈춤의 시간이다.

나는 아침에 출근하면 잠시 일시 정지한다. 책상 위에 있는 거울을 본다. 오늘 나의 상태(?)를 점검한다. 눈빛도 확인한다. 피곤해서 눈이 풀렸는지, 초롱초롱한지 본다. 표정도 확인한다. 근심, 걱정으로 어두운지, 열정이 불타오르는 얼굴인지도 살핀다. 멈추는 시간은 하루를 시작할 때 도움 된다. 컨디션이 좋지 않다고 느껴지면 미리 조심하려고 한다. 예민하게 반응해서 작은 일로 화내지 않도록 조심한다. 기분 좋고 의욕이 넘칠 때가 있다. 할 일을 빨리 마무리하려고 열심히 일한다. 정리해야 한다고 생각만 하던 일을 펼쳐놓고 하나씩 끝낸다.

계속 쉬지 않고 달리기만 하면 지치는 순간이 온다. 내가 지쳤다는 것을 알고 있으면 대비할 수 있다. 모르고 계속 몰아붙이면 갑자기 번 아웃이 올 수도 있다. 회복하기가 쉽지 않다. 사람은 누구나 자신만의 에너지 총량이 있다. 관리를 잘해야 한다. 에너지를 다 소진했는데도 계속 일하면 완전히 방전된다. 휴대전화도 배터리가 완전히 방전될 때가 있다. 재충전까지는 시간이 오래 걸린다. 사람도 마찬가지이다. 완전히 방전되지 않도록 수시로 충전을 해줘야 한다. 회사 일을 하면서도 마찬가지이다. 잠깐 멈춰서 중간 점검을 해야 한다. 제대로 하고 있는지 한 번 더 확인하면 효율적으로 업무를 할 수 있다.

글을 쓰다 보면 "작가의 벽"이라는 시간을 마주할 때가 있다. 아무것도 생각나지 않고 뭘 써야 할지 아이디어가 떠오르지 않는다. 그럴 땐 다른 일을 하는 것이 도움이 된다. 머리를 식히기 위해 다른 활동을 한다. 글을 써야 하는데 쉬고 있다는 죄책감을 가지는 것이 아니라 쉬고 있는 시간이라고 생각한다. 집 주위를 걸어본다. 밖에 풍경을 보면서 잠시 잊는 시간을 가진다. 아무것도 하지 않고 그냥 쉬어도 본다. 잠깐 쉬는 시간은 새로운 아이디어가 떠오르게 한다. 떠오르지 않을 때는 무언가 더 하려고 한다. 생각을 더 짜내려고 하면 스트레스가 많아서 뇌의 활동이 더 잘 안된다. 잠시 쉬는 시간에 재 충전을 하고 방법을 찾아낼 수 있다.

일하면서 문제를 해결할 생각이 떠오르지 않을 때가 있었다. 뭔가 방법을 찾아야만 하는데 알 수 없었다. 계속 고민하고 생각했다. 어느 날, 몸이 아파서 집에서 쉬고 있을 때 불현듯 아이디어가 떠올랐다. 의도한 건 아니었지만 쉬는 동안 새로운 생각이 떠올랐다.

요즘은 의도적으로 생각할 시간을 만들려고 한다. 아침에 출근하면 업무 계획을 세우고 방향에 대해서 확인한다. 지금 하는 일이 어떻게 진행되고 있는지 생각한다. 일에 파묻혀 있으면 주변이 잘 보이지 않는다. 때로는 밖으로 나와서 새로운 시각으로 보려고 한다. 회사에서 요구하는 결과와 내가 하는 일의 방향이 일치할 수 있도록 노력한다.

쉬지 않고 일만 하면 큰 그림이 보이지 않는다. 쉬어가는 시간이 필요한 이유다. 컴퓨터로 일을 하다 보면 갑자기 느려지거나 오류가 날 경우가 있다. 가장 빠르고 확실한 방법은 전원을 껐다가 켜는 것이다. 업무도 전체적으로 보기 위해서 새롭게 다시 보는 것이 하나의 방법이다.

머릿속이 복잡할 때가 있다. 여러 가지 생각이 정리가 안 된다. 무엇을 먼저 할지 잘 모를 때도 있다. 한꺼번에 일이 쏟아지기도 한다. 하나씩 끝내고 다음 일을 하면 좋겠지만 동시에 한꺼번에 해야 할 때도 있다. 그럴 때 잠깐 멈추고 생각한다. 실타래처럼 얽혀서 복잡한 생각을 푸는 방법은 다시 처음부터 하나씩 정리하는 것이다.

복잡한 그림 퍼즐을 맞출 때 도저히 답이 안 보일 때도 있다. 전체 그림을 다시 보면 위치가 보이기도 한다. 멈춘다는 의미는 생각을 재정비한다는 것이다. 때로는 비워야 한다. 가득 찬 생각엔 빈틈이 없다. 새로운 것을 받아들이려면 비움이 필요하다. 완전히 비우고 새롭게 볼 필요도 있다. 유레카를 외친 아르키메데스도, 사과가 떨어지는 것을 보고 만유인력의 법칙을 발견한 뉴턴도 마찬가지다. 계속 그 일을 생각하다가 잠깐 멈춘 시간에 아이디어가 떠올랐다. 멈추는 시간은 새로운 관점으로 보는 기회가 된다. 힘을 빼는 시간이 되기도 한다. 힘을 주고 있으면 온몸이 경직되고 머리도 굳어진다. 잠깐 힘을 빼면 마음도 몸도 편안한 상태가 된다. 부드러움이 강함을 이기기도 한다. 단단한 나무는 바람과 맞서 싸우다가 부러진다. 바람에 따라 유연한 갈대는 부러지지 않는다.

잠깐의 휴식은 새로운 에너지를 충전하고 일을 더 잘할 수 있게 한다. 멈추기 전엔 몰랐다. 멈춰서는 안 된다고 생각했다. 쉬는 시간이라는 생각이 없었다. 계속 뭔가 해야 한다는 강박관념이 있었다. 멈추는 시간을 통해 재충전하고 다시 아이디어를 떠올릴 수 있었다. 지금은 멈추는 시간을 의도적으로 가진다. 아침에 출근해서 일단 멈추고 나를 살핀다. 점심시간에 글을 쓰기 위해 멈춘다. 극감을 생각하고 나를 돌아본다, 잠들기 전 하루를 돌아본다. 매일 멈추는 시간은 나를 더 성장하게 한다.

2-6.
남편이 멈추어 준 시간

---------- 송슬기 ----------

익숙한 멜로디가 울렸다. 빨래가 다 건조되었다는 알림 소리에 설거지하던 손이 좀 더 다급해졌다. 퇴근하고 저녁 식사 후 설거지만 했을 뿐인데 밤 아홉 시가 넘었다. 정리하는 동안 아이들에게 숙제하라고 엄포를 놓았다. 아이들은 거실 테이블로 가서 책을 펼치는가 싶더니 이내 낄낄대며 장난을 쳤다. 일부러 헛기침하고 눈을 흘겨봐도 책은 시작할 때 펼쳐 놓은 그대로였다. 작은 녀석이 흠칫 놀라기도 잠시, 다시 툭탁거렸다. 씩씩대는 소리가 점점 커졌다. 또 큰 애가 동생에게 장난을 친 모양이었다.

함께 살던 시누이가 분가했다. 그동안은 맞벌이였지만 시누이가 살림이며 아이들 육아를 거의 도맡았었다. 갑작스러운 시누이의 공백이 컸다. 일도 살림도, 아이들 양육 문제도 해낼 수 있을 것이라는 자신감도 무색해졌다. 빈자리를 메꿔보려 몇 달간 남편과 노력했지만, 발만 동동거리는 것 같았다. 다른 맞벌이 부부도 다 그렇게 산다는 말이 위로도 되지 않았다. 갑자기 늘어난 가사 일에 치여 무엇 하나 제대로 되지 않았다. 일상이 엉망이었다.

빨래를 꺼내기 위해 베란다로 나갔다. 창밖이 캄캄했다. 분명 어슴푸레하게 노을빛이 있을 때쯤 집에 왔는데. 언제 이렇게 어두워졌나 싶었다. 아직 못다 한 집안일이 가득한데 속절없이 흐른 시간이 야속하기만 했다. 건조기에서 옷을 꺼냈다. 엉킨 실타래처럼 옷이 줄줄 딸려 나왔다. 살림을 좀 수월하게 할 수 있지 않을까 해서 산 가전제품인데, 되레 빨리 마른다는 이유로 더 자주 사용하니 그만큼 일이 늘었다. 건조기 문을 '쾅' 하고 닫았다. 나도 모르게 힘이 들어갔다.

빨래를 거실 바닥에 쏟아놓고 앉았다. 수건이며 양말이며 하나씩 개고 있으니, 남편이 늦은 퇴근을 했다. 다녀왔다는 인사보다 집 좀 치우지 그랬냐는 타박이 먼저였다. 경험상 말을 덧붙여봤자 말다툼이 될 게 뻔했다. 숨을 한번 크게 쉬었다. 참았다. 깔끔한 남편의 성미에 찰 리가 없다는 걸 알고 있었다. 내 나름대로 퇴근하고 엉덩이 한 번 제대로 붙이지 못한 채 애를 썼는데, 서운함에 입이 삐죽 튀어나왔다.

남편은 가방을 내려놓기 무섭게 청소기를 들었다. 늦은 시간도 아랑곳하지 않았다. 야근하고 왔으면 집에서는 좀 쉬어도 될 법도 한데 피곤하다면서도 방마다 들러 굳이 제 손으로 한 번 더 닦았다. 깔끔도 병이다 싶어 고개를 흔드는 찰나, 아이들 말다툼 소리가 들렸다.

마음의 여유가 없었던 탓일까. 이성이 뚝 끊겼다. 순간이었

　　　　　　　　당신에게 멈추는 시간을 선물합니다

다. 들고 있던 수건을 내팽개쳤다. 마치 장전된 총의 방아쇠가 당겨진 것 같았다. 얼굴이 점점 빨갛게 달아올랐다. 전직 군인 아니랄까 봐, 아이들을 차렷 자세로 세웠다. 이쯤 되니 나의 예민함을 눈치챈 모양이었다. 잔뜩 얼어있는 아이들에게 잔소리 폭격을 퍼부었다. 상처를 주는 말이라는 걸 알았지만 멈출 수 없었다. 목소리가 자꾸만 커졌다. 내뱉은 말이 아이들의 가슴을 찔렀다. 아들은 고개를 푹 숙였고 딸은 말없이 눈물을 뚝뚝 흘렸다. 손이 떨렸다. 시간이 갈수록 내 목소리에도 물기가 묻어났다. 남편이 한숨을 쉬며 어깨를 지그시 눌렀다. 빨개진 눈으로 쳐다보니 남편이 눈으로 그만하라는 신호를 보냈다.

"음식물쓰레기 좀 버리고 와."

남편의 말에서 의도가 느껴졌다. 아이들과 남편을 뒤로하고 현관문을 나섰다. 엘리베이터에서 이웃이라도 마주칠까 봐 모자를 눌러썼다. 마음이 진정되지 않았다. 쓰레기를 버리고 놀이터로 향했다. 아이들이 없는 깜깜한 놀이터엔 가로등 불빛만 희미했다. 그네에 앉았다. 적막함 사이로 삐걱거리는 소리만 들렸다. 아이들 숙제도 다 봐주지 못했고, 아침밥 준비와 도시락 반찬도 만들지 못했다. 남은 일이 많은데 발걸음이 떨어지지 않았다. 눈이 시큰거려 괜히 밤하늘을 올려다보았다. 눈물이 볼을 타고 흘렀다. 누가 보는 것도 아닌데 얼른 소매로 닦았다. 그리고 보니 아침저녁으로 쌀쌀해진 게 가을이라는 것이 온몸으로 느껴졌다.

슬리퍼 밑으로 구멍 난 양말이 보였다. 아침에 신을 때 아슬아슬하게 오늘을 넘길 수 있을까 했는데 아니나 다를까 터져 엄지 발가락이 나와 있었다. 어쩐지 더 추운 것 같더라니. '풋'하고 웃음이 터졌다. 집에서 입고 있던 반팔, 반바지 차림이었다. 겉옷이라도 입고 나올걸. 간사한 마음이 일었다. 방금까지만 해도 내 감정에만 몰두해 끓어 넘친 냄비처럼 달아올랐다가 몇 분도 되지 않아 식어버리는 걸 왜 그리 몰아붙였나 싶은 마음이 들었다.

집에 돌아오니 불이 모두 꺼져있었다. 안방 문을 빼꼼히 열었다. 아이들과 남편이 뒤엉켜 자고 있었다. 가만히 잠든 모습 위로 모진 소리를 듣던 아이들 표정이 겹쳤다. 미안한 마음과 동시에 죄책감이 들었다. 두 아이 사이에 안경도 벗지 못한 채 엎드려 쪽잠을 자는 남편의 모습도 안쓰러웠다.

열두 시가 다 되어갔다. 거실 바닥엔 개다 만 빨래와 책상 위엔 아이들이 풀다 만 문제집이 그대로였다. 거실 불을 켜고 안방으로 불빛이 들어가지 않게 조용히 방문을 닫았다. 남은 일을 하나씩 정리하며 마음을 가라앉혔다. 가사 일이야 조금 부족하면 어떤가. 다시는 내 감정으로 아이들을 몰아치지 않겠다고 반성했다. 나의 말과 행동 때문에 아이들에게 자칫 깊은 감정의 골짜기가 생길 뻔했다고 생각하니 아찔한 마음이 들었다. 집안일이라는 무게에 눌려있던 나를 돌아봤다. 남편이 멈추어 준 시간 덕분이라는 생각에 다행이다 싶었다.

그날 이후, 우리 가족은 조금 다르게 지낸다. 아이들을 집안일에 참여시키기도 하고 간단한 일들은 스스로 하게 한다. 빨래를 빨래통에 집어넣거나 먹은 접시는 설거지통에 넣는다. 스스로 정리하는 기본적인 생활 습관을 기르고 있다. 시누이와 함께 살 때만큼 깨끗한 집은 아니지만, 우리만의 아늑한 집을 만들어 가려고 다시 맞춰가는 중이다. 완벽하지 않아도 된다고 조금 미흡

해도 괜찮다며 서로를 다독이기도 한다.

　퇴근하고 오니 거실엔 가방이며 양말이며 벗어던지고 나간 아들의 흔적이 고스란히 남아있다. 예전 같았다면 화부터 내었을 텐데 잠깐 멈춰본다. 계속 보고 있으면 나도 모르게 화가 날지도 몰라 일부러 저녁 준비를 서두르며 시선을 돌린다. 축구하고 돌아온 아들이 현관에서부터 미안하다고 말하며 쏜살같이 치운다. 그래도 눈치는 있는 모양이다. "오늘 좀 바빴나 보네. 다음에는 미루지 말고 그때그때 하자." 평소와 다른 내 모습에 딸이 엄지를 내보이며 웃는다. 멈춘 시간 덕분에 이해를 더한다. 이해 덕분에 웃음도 늘어간다.

2-7.
내가 잠시 멈춰도 세상은 잘 돌아간다

장미연

　　　　주말 오전, 오랜만에 친구들과 커피를 마시러 가면 어김없이 핸드폰이 울린다. 전화벨 소리와 카톡 알림. 남편 아니면 아이들이다. 남색 후드티 어디 있냐, 찾아봐도 없다, 점심 뭐 먹으면 되냐, 올 때 베이글 사 와라. 반나절만 비워도 빈자리 티 난다. 어떤 방해도 받지 않는 나만의 시간을 가져 본 지도 오래전이다.

　20대 초임 교사 시절, 방학마다 배낭 챙겨 해외로 떠나곤 했다. 부러워하던 40대 중반 선배에게 눈 딱 감고 다녀오라고 철없이 말했다. 선배는 웃기만 했다. 그 웃음의 이유를 이제는 안다. 결혼하고 나도 별수 없었다. 두 남매 어릴 적, 가끔 1박 2일 혼자 여행을 가고 싶었다. 호캉스, 근교 호텔에서 나만의 자유와 여유를 즐기는 것이 버킷리스트 1번이었다. 가고 싶으면 가라고 흔쾌히 말하는 남편에게 콧방귀를 뀌었다. 잠깐 외출하고 오면, 현관부터 너저분했다. 주방 개수대에 배달 음식 잔반이 덕지 덕지 붙은 일회용 용기가 뒤엉켜 있었다. "대충 헹궈라도 놓으라고!" 옷도 안 벗고 소리부터 질렀다. 이런 데 눈 딱 감고 다녀오라고?

수술 직전, A형 독감에 걸렸다. 수술받고 한 달도 되지 않아 재발했다. 면역력 떨어져서 그런지 회복 속도가 느렸다. 영영 맛도 냄새도 못 느끼면 어쩌나 싶게 증상이 계속됐다. 밖에는 나가지도 않는데 초저녁만 되면 몸이 늘어졌다. 두 달 병가를 끝내고 1년간 휴직을 신청했다. 온전히 내 몸만 돌보는 시간이 필요했다.

다시 건강해지고 싶었다. 체질 개선 위해 현미 채식으로 바꾸고, 녹즙도 마시기 시작했다. 운동을 해야 한다는 말에 밥 먹기 무섭게 바로 공원으로 나갔다. 틈나는 대로 암에 관해 공부했다. 체온을 올리면 도움이 된다고 해서 족욕, 찜질도 가리지 않았다. 그런데 집에 있는 시간 늘어나니 살림에 자꾸 손이 갔다. 애들 보내고 나면 어질러진 거실부터 치웠다. 반나절 뒤, 두 남매 돌아오면 언제 그랬냐는 듯 금방 어질러졌다. 반찬 한두 가지만 해도 설거짓거리가 수북하게 쌓였다. 해도 표 안 나고 안 하면 표 나는 게 살림이라더니. 종일 뭐 했나 싶었다.

남편 퇴근하기 무섭게 방에 들어가 누웠다. 밖에서 들리는 가족들 소음과 불빛 때문에 숙면하기 어려웠다. 잠이 들만하면, 엄마 찾아 방으로 들어오는 아이들 기척에 다시 깼다. 치병에 집중하려고 한 휴직이었는데 교사로서 일은 쉬었지만, 주부, 엄마, 아내 자리는 쉬지 못한 채 그대로였다.

남편과 상의하여 공기 좋은 지방 요양병원에 잠깐 다녀오기로 했다. 친정엄마에게 한 달만 집으로 와서 도와달라 청했다. 내 빈자리를 채우기 위해 남편은 3개월 육아휴직을 신청했다. 얼마나 도움이 될까 싶었지만 고마웠다. 입원 날짜 정하고 잘하는 짓인지, 옳은 결정인지 고민했다. 단 하루도 선뜻 떠나지 못했던 나였다. 한 달, 짧지 않은 시간. 엄마의 부재는 가족 모두에게 불안한 모험이었다.

입원 당일, 두 아이 등교시키고 집 나설 준비를 했다. 괜히 냉장고 문을 열었다 닫았다. 넓지도 않은 집안 여기저기 둘러보았다. 캐리어 질질 끌고 집을 나섰다. 별로 든 것도 없는데 이상하게 무거웠다. 놀러 가는 것도, 멀리 떠나는 것도 아닌데 걱정이 앞섰다. 아들내미 준비물, 숙제 제대로 못 챙겨 혼나면 어쩌지. 엄마 없이 등교하는 1학년 딸 기죽으면 어떻게 하지. 직장 멀쩡하게 다니던 아빠가 집에 있다고 이상하게 여기지 않을까. 나 없이 우리 가족 어쩌려나. 온갖 생각이 들었다.

입원 후, 작은 크로스백에 핸드폰을 넣어 한 몸처럼 메고 다녔다. 언제 뭘 하고 있든, 전화가 오면 바로 받을 수 있도록 대기했다. 집 떠난 보람이 없었다. 몸은 병원에 있는데 정신은 여전히 집에 있었다. 바쁘게 울릴 줄 알았던 스마트폰은 종일 잠잠했다. 잠자리 들 때 되어서야 화상 통화가 걸려 왔다. 해 떨어지면 엄마 곁만 파고들던 아이들은 아빠 옆자리 하나씩 차지하고 있었다. 카메라 향해 "엄마, 잘 자!"라며 손을 흔들었다. 그 뒤로도 어찌 지내나 궁금해 내가 먼저 연락하는 일이 잦았다.

당신에게 멈추는 시간을 선물합니다

"정원 아빠, 힘들지?"

"알아서 할 테니까, 네 몸이나 잘 챙겨. 장모님 집에 가시라고 했다. 그런 줄 알아. 밤에 전화할게" 남편은 바쁘다며 서둘러 전화를 끊었다.

첫아이 낳고서 6개월 만에 친정집 옆으로 이사했다. 맞벌이하려면 어쩔 수 없었다. 출장이 잦아 자주 집을 비우는 남편 대신 친정엄마의 도움이 필요했다. 먹이고 씻기고 재우는 일, 내 몫이었다. 남편은 두 아이를 예뻐만 했다. 기저귀 갈기, 이유식 먹이기 남 일이었다. 투박한 손으로 애들 다루면 다칠 것 같다며 어려워했다. 훈육은커녕 아이들 떼 부리면 어쩔 줄 모르고 나만 불러댔다. 장난감, 군것질 사주기에만 특화되어 있었다. 그래서 친정엄마 오시라고 부탁했던 건데. 어쩌려고 가시라고 한 건지. 걱정되면서도 한 편으로는 할 만한가보다 싶어 마음이 놓였다.

한 달 예정으로 떠나온 일정은 두 달, 석 달로 연장되었다. 병원에서 딱 100일을 보내고 집으로 돌아갔다. 오랜만에 본 아이들 모습엔 엄마 손길 닿지 않은 흔적이 역력했다. 아빠가 어설프게 묶어 준 딸아이 삐죽이는 머리카락, 시커멓게 그을려 꼬질꼬질하게 느껴지는 아들 얼굴을 보니 웃음이 났다. 아이들 표정만큼은 여전히 밝았다. 친정엄마만 계셨어도 먹이고 입히는 일이야 오죽 잘해주셨을까. 아쉬움도 있었지만 얻은 것도 있었다. 아빠와 함께 지내며 남매는 끈끈한 부자, 부녀 관계 맺었다. 이제는 엄마 잔소리보다 아빠의 엄한 한마디에 움찔한다. 그러면서도 아빠에게 매달려 애교도 부린다. 남편도 혼낼 때는 눈물

쩔끔 나게 대한다. 대신 두 남매가 하고 싶은 일이 있으면 적극적으로 나서 도와주려고 한다. 아이와 부모 관계에서 교감할 수 있는 시간과 기회가 필수임을 깨달았다. 나의 컴백과 동시에 남편은 복직했다. 육아와 집안일은 다시 내 차지가 되었다. 충분한 휴식으로 어느 정도 체력 회복한 나는, 일상과 치병을 병행할 수 있었다.

살다 보면 다양한 이유로 잠시, 맡은 역할을 멈추어야 할 때가 생긴다. 하던 일 그만하고 새로운 일 시작하고 싶어서, 혹은 이유 없이(알고 보면 알아차리지 못할 뿐 쉼이 필요한 상태일 가능성이 크다) 쉬고 싶을 수도 있다. 아니면 나처럼 아픈 몸 돌보고 추스르기 위해 어쩔 수 없이 쉬어야 할 때도 있다.

나를 둘러싼 복잡한 관계와 이런저런 상황 때문에 멈추기 쉽지 않다. 막상 해보니, 서운할 정도로 아무 일 일어나지 않는다. 심지어 잘 돌아간다. 나 하나 없어도 상관없는 하찮은 존재라서가 아니라 혼자가 아니기 때문이다. 행여 잘 굴러가지 않아도 괜찮다. 내 빈자리 어떤 식으로든 채워진다. 믿어보고 주변 도움도 받으면 된다. 잠시 떨어져 있는 것만으로 서로의 소중함과 고마움을 느낀다. 역할을 이해하는 계기가 된다. 관계는 더 나은 방향으로 흐르고, 깊어진다. 일어나지 않은 걱정, 근심, 불안 일단 내려놓는다 멈춘 뒤, 하고 싶은 일에 집중할 수 있는 충분한 힘을 얻는다. 나를 위해 보냈던 시간만큼 가족을 위한 시간을 보낸다. 받은 것 이상으로 돌려줄 차례다. 더 멀리, 더 오래. 함께 손잡고 걸어간다.

당신에게 멈추는 시간을 선물합니다

2-8.
사소한 것들

장춘선

"펄떡이는 물고기 같아."

엄마는 출근하는 나를 보며 종종 말했다. 20대 팔팔하게 출근하는 막내딸 모습이 자랑스러웠을까. 옆집 아주머니 목소리가 겹쳐 들리면 더 힘차게 팔을 저었다. 내 나이 54세. 그 말이 참 그립다. 언제나 싱싱하게 일할 줄 알았는데, 아무것도 하기 싫은 날이 왔다.

새벽 5시 알람이 울렸다. 껐다. 눈뜨기 싫다. 얼마나 더 누워 있어도 될지 시간을 계산했다. 머리를 감을지 말지 생각했다. '에잇, 오늘은 감지 말자. 더 누워있자.' 최대한 늦게까지 버텼다. 더 이상 늦출 수 없는 6시 50분. 다른 날 같으면 병원에 도착했을 시간이다. 출근도 늦었는데, 차에서 내리지 못하고 끙끙거렸다. 양쪽 허벅지 바깥 부분에 찢기는 듯한 통증이 왔다. 갑자기 움직여서 그런가 싶어 주춤했다. 어떤 자세에서 아픈지 가늠하기 힘들었다. 다리를 벌리거나 구부리거나 할 때인 것 같았다. 출근 후 책상 앞에 앉았다. 컴퓨터를 켰다. 확인해야 할 메일이 눈에 들어왔다. 한숨부터 나왔다. 모두 골치 아픈 일로 느껴졌다. 멍하게 쳐다보다가 갑자기 조급해진다. 이 일 저 일 급하게 처리하려고 덤볐다. 30분도 집중하지 못했다. 끝내지 못한 일이 책상에 쌓여갔다. 퇴근 후 남편이 들어오는 소리가 들렸지만 못 들은 척 꼼짝없이 누웠다. 전화벨 소리도 쳐다보기만 하고 끊어 지길 기다렸다.

산부인과 진료를 받았다. 갱년기였다. 산부인과 외래에서 7년 정도 근무 한 적 있다. 그때 내가 공감하지 못한 일들이 떠 올랐다. 왜 그렇게 재미없는 표정이었는지. 그 사람이 되어 보지 않 고는 이해한다고 말할 수 없는 거였다. 의사가 호르몬제 복용을 권했다. 직장생활 안 할 거면 몰라도 이대로는 일하기 힘들다고 했다. 늘 하던 일이 엄두가 나지 않았던 이유가 여성호르몬 부족 이었다. 자동차가 기름 없이 굴러가지 않듯이, 나를 움직이게 하 는 원동력이 없다는 사실을 받아들여야 했다. '리비알정' 흰색 알 약이 은박지 포장에 한 알씩 박혀있는 약을 28일분 탔다. 한 알 을 귀하게 먹었다. 다시 기운 펄펄 넘치는 나로 돌아가고 싶었 다. 재활의학과 진료도 받았다. 갱년기 때 올 수 있는 근육 불균 형이라고 한다 허벅지 바깥 근육이 짧아져 있고 고관절 운동범 위가 좁아져 통증이 온 거였다. 지속적인 운동을 권유받았다.

오후 6시 병원 주차장에서 빠져나왔다. 눈이 뻑뻑해 실내 거 울을 힐끔 보았다. 물기 빠진 푸석한 얼굴. 피곤함을 감출 수 없

당신에게 멈추는 시간을 선물합니다

다. 동작이 느려지고 끊긴다. 창원대로로 나섰다. 줄지어 서 있는 가로수가 갈색으로 변해있다. 듬성듬성 빈틈 사이로 나무줄기가 돋보인다. 나뭇잎이 무성한 여름에는 아래쪽 나무통만 보였다. 나뭇잎을 떨군 자리로 생김새가 드러났다. 나무 허리쯤에서 굵은 가지 두세 가닥이 뻗어 있고, 어깨쯤에서 여러 갈래로 나뉘어졌다. 똑같은 크기와 모양은 없지만 모두 하늘을 향해 있다. 고개 들어 하늘을 쳐다본다. 똑같지 않은 인생이다. 나무는 어디에서 갈림길을 만나던 목표를 향해 나아간다. 나도 이제 다른 갈래에서 시작해야겠다. 주변에 보지 못하고 놓친 것들이 보이기 시작했다. 한때는 신호등만 주시했었다. 빨리 갈 수 있는 차선을 선택했다. 이제 안전한 길을 가고자 한다.

간단하게 저녁을 먹었다. 필라테스 옷으로 갈아입고 집을 나왔다. 어둠이 깔리기 시작했다. 쌀쌀한 가을 날씨가 살갗에 긴장을 준다. 도계초등학교 담벼락 사이 길에서 버스가 다니는 길로 나왔다. GS 24에서 좌측으로 틀었다. '우물집'이란 간판이 보이고 돼지고기가 수족관처럼 생긴 유리통 속에 담겨 있다. 숙성 과정인가. 입맛을 자극했다. 전면 유리문을 열어뒀다. 안이 훤히 보였다. 불판에 고기가 올라가 있고 젓가락질하는 가족이 보인다. 둘째 아들 주현이가 고등학교 3학년 때 중간고사를 끝내고 저녁 먹었던 기억이 났다. 서울에 있는 주현이가 보고 싶다. 저녁은 챙겨 먹었을까. 몇몇이 사거리 건널목에 서 있다. 신호등에 걸린 시내버스 안 사람들 표정을 살폈다. 건너편 '프라이드가 제일 맛있는 통닭집' 간판도 지나쳤다. 설빙에서 하얀 눈꽃빙수를 먹는 학생들도 보였다. 동네 구경하다 보니 '폴인 필라테스'에 도착했다.

　이런저런 이유로 2주 만이다. 새로운 강사로 바뀌었다. 지난 강사는 연배가 좀 있어 보였다. 간단한 질문으로 건강 상태를 알아챘다. 고관절과 중심 근육을 키우는 데 집중했다. 이번에는 앳된 강사다. 벽면 거울 앞에 서게 했다. 다양한 자세를 요구하며 사진을 찍었다. 운동 후 결과를 비교해서 설명해 주겠다고 한다. 강사는 에너지 넘쳤고 소신껏 설명하는 모습이 좋았다. 거울 앞에 섰다. 바르게 선다고 섰는데 몸매가 틀어진 아줌마가 서 있다. 딱 붙은 필라테스 옷이 부담스럽다.

　먼저 목 근육부터 풀었다. 오른팔을 들어 왼쪽 귀에 갖다 대고 우측으로 기울였다. 숨 들이마시고 내시면서 우측으로 더 기울였다. 반대쪽도 같은 동작을 반복했다. 목덜미가 시원하다. 종일 컴퓨터 앞으로 뻗고 있던 목이다. 요가 매트에 누웠다. 천장을 쳐다봤다. 흰색 페인트를 칠했고 배관이 지나가는 천장 구조물이 다 보였다. 시원하게 드러낸 천장이 삶의 지도를 보는 듯 명확해서 좋다. 갈피를 찾지 못하는 마음을 누군가에게 드러내고 싶다는 욕구가 올라왔다. 남편에게 갱년기가 왔다고, 힘들다고 말해야겠다.

　강사가 시키는 동작을 따라 했다. 다리 들어 올리고 내리면서 허벅지 바깥쪽 근육에 힘이 들어가는지 느껴보라고 했다. 나는 무릎과 허리가 아팠다. 힘을 잘못 쓰고 있는 거였다. 동작마다 힘을 느껴야 하는 부위가 달랐다. 살면서 힘 줄 때와 뺄 때를 몰라 쓸데없는 에너지가 소비된 것은 아니었을까. 강사가 하는 말에 집중했다. 동작할 때마다 숨 들이쉬고 내쉬는 시점이 있었다.

호흡을 잘 맞추어야 근육도 이완과 수축을 유지하며 운동이 된다. 우측 다리를 운동하고 나면 좌측 다리도 똑같은 횟수로 운동을 시켰다. 한 세트 동작하고 나면 쉬는 시간을 몇 초 주었다. 운동과 쉼. 들이쉬고 내쉬는 호흡. 근육 수축과 이완. 모든 게 균형을 맞추는 일이었다. 천천히 따라 했다. 숨 가쁘게 일하고 퇴근한 나에게 쉼 같은 운동이다. 복잡한 머릿속을 비우고 찬찬히 마음 근육을 만들어 본다.

하마터면 주변을 놓치고 살 뻔했다. 보지 못했던 것을 바라보고, 의식하지 않았던 호흡을 느낀다. 관심 두지 않았던 작은 근육에 힘을 주고, 호르몬 한 알로 감성을 되살려 본다. 이성보다 감성이 쿵쿵 뛴다. 갱년기. 일상적이고 사소한 것에서 충만한 즐거움을 느낄 수 있는 나이 아닐까.

2-9.
토끼와 베짱이

정은정

　　엄마가 들려주던 「토끼와 거북이」 이야기를 기억한다. 달리기에 자신 있던 토끼는 시원한 나무 그늘에 멈췄다. 거북이 따위는 잊은 지 오래다. 토끼는 자만심에 콧노래를 흥얼거리다 잠이 들었다. 그사이 느리지만 꾀부리지 않고 성실하게 달린 거북이가 토끼를 제치고 경주에서 승리한다.

　「개미와 베짱이」 이야기도 생각난다. 여름 내내 열심히 일한 개미는 겨울이 되자 따뜻한 집에서 가족, 친구와 모여 즐겁게 지낸다. 개미를 비웃던 베짱이는 추위와 배고픔에 떨며 전전하다 결국 마음씩 착한 개미의 도움을 받는다는 이야기이다.

　두 이야기를 들으며 자란 나는, 힘들어도 참고 꾸준히 성실하게 살아야 나중에 편안하고 즐겁게 사는 줄 알았다. 토끼처럼 뒤처지거나 베짱이처럼 고생할 수 있으니 멈추면 안 되는 줄 알았다. 쉬면 큰일이라도 나는 줄 알았다. 멈춤의 의미를 깨닫고 나서 토끼와 베짱이를 다시 보았다. 토끼는 경기에 진 패배자일

　　　　　　　　　당신에게 멈추는 시간을 선물합니다

까? 베짱이는 미래를 대비하지 못하는 대책 없는 자일까?

　아이가 100일일 때 처음으로 멈추었다. 복직까지 1년이 넘게 남았는데도 불안했다. 아이가 15개월이 되면 어린이집에 맡기거나 보모를 구해야 했다. 무엇보다 3교대 근무하는 것이 가장 큰 문제였다. 근무 시간 때문에 식사와 어린이집 등·하원을 챙길 수 없는 날이 많았다. 밤에 출근할 때는 잠결에 엄마를 찾지는 않을까 걱정했고, 주말에 남편까지 출근해야 할 때는 아이를 어디에 맡겨야 하나 고민했다. 같은 이유로 복직하지 않고 퇴사하는 선배들을 자주 보았다. 나도 그렇게 경단녀가 될까 두려웠다. 육아 덕분에 본의 아니게 멈추게 되면서 화가 났다. 이 사회는 여자에게 불공평하다고 생각했다.

　거울 속 나를 발견하고 '지금이야'를 외치게 된 날, 아이가 어리다는 핑계로 버리다시피 한 나와 주위를 챙기기 시작했다. 먼저 몸가짐을 바르게 했다. 아이를 등에 업고 국에 밥을 말아 허겁지겁 입에 넣기 바쁘던 습관을 버렸다. 아이가 모빌을 보며 노는 동안 간소하지만, 정성 들여 차린 밥상에서 식사했다. 아이가 잠들면 밀린 집안일 하며 혹사하던 버릇을 버리고 로봇 청소기와 식기세척기의 도움을 받았다. 그렇게 생긴 여유시간에는 책도 읽고 음악도 들었다. 생활복은 외출복이자 잠옷이었다. 모유 수유하기에 편해서 즐겨 입던 펑퍼짐한 티셔츠를 버리고 깔끔한 수유복을 몇 벌 샀다. 잠깐이라도 외출할 때는 청바지를 꺼냈고 잠자리에 들 땐 꼭 잠옷을 입었다. 출산 후 탈모와 새로 난 모발 덕분에 지저분해진 머리는 깔끔하게 자르고 파마했다. 파마약이 모유 수유에 영향을 줄 수 있다고 해서 가장 약한 약으로 두

피에 닿지 않게 해달라고 부탁했다. 걷기를 하며 살도 빼고 체력도 길렀다. 피곤함도 덜하고 기분도 좋아졌다.

7년 동안 연애하고 결혼했다. 연애하는 동안 다툼이 거의 없었다. 남편이 잘 참아서였는지도 모르겠다. 아이를 낳은 후에는 이혼을 결심할 만큼 많이 싸웠다. 결혼식을 준비할 때도 싸울 일이 없던 우리였는데 이 사람이 내가 알던 사람이 맞나 싶었다.

미움이 쌓이기 전에 멈추었다. 그는 마음의 준비가 되지 않은 채 아빠가 되었다. 책임감에 버거웠는지도 모르겠다. 종일 말이 통하지 않는 아이와 둘이 있다가 남편이 퇴근하면 그렇게 반가울 수가 없었다. 옷을 갈아입고 씻고 앉기도 전에 이미 난 그 사람 목에 매달려 밀린 이야기를 속사포처럼 쏟아 냈다. 아이를 돌보느라 힘들었으니, 이제는 내가 쉴 차례라며 아이를 넘겼다. 그도 종일 사람에 치여 힘들었을 텐데 말이다. 편하게 쉬어야 할 집이 그에게는 또 하나의 일터가 되었다. 그렇게 감정이 상하고 서로를 배려하지 못한 채 원망을 쏟아 내며 싸웠다.

싸움은 나의 멈춤으로 끝났다. 그는 결혼 전보다 살이 빠진 것 같았다. 생기도 없어 보였다. 그의 하루를 상상했다. 실적 압박과 고객의 갑질에 고개 숙여야 했으니 답답하고 지치겠구나 싶었다. 그가 나였고 내가 그였다. 그에게 아이를 맡기고 나의 쉼을 챙기기보다 아이까지 셋이 쉬는 방법을 찾기 시작했다. 함께 유모차를 끌고 산책했다. 때론 부모님께 아이를 맡기고 데이트도 했다. 그가 출근하면 아이와 함께 장을 보고 맛있는 저녁을 준비했다. 놀이방으로 쓰던 작은 방을 비워 그에게 줬다. 아이처럼 방방 뛰며 좋아하던 얼굴이 아직도 떠오른다. 덕분에 거실은 온통 장난감으로 난장판이 되었지만, 그는 불평이 없었다. 남편의 표정은 한결 부드러워졌고 나는 다시 웃음이 많아졌다. 내가 웃자, 아이가 따라 웃었다. 그렇게 우리는 더 나은 부부로 성장했다.

토끼는 멈춤의 의미를 알지 못했다. 잠시 멈추는 것은 '지금'을 살펴볼 기회이다. 가고자 하는 방향이 맞는지, 속도는 적절한지, 거북이와의 거리는 얼마나 되는지, 처음 계획한 대로 진행되고 있는지, 전략 수정이 필요한지 등을 확인할 수 있는 시간이다. 토끼는 멈춤의 의미를 모르고 마냥 늑장을 부렸고 그 결과 경기에서 졌다. 내가 만약 토끼와 거북이의 작가가 되어 뒷이야기를 쓴다면, 멈춤을 통해 전열을 가다듬고 실수를 통해 배우며 성장하는 토끼를 그리고 싶다.

베짱이는 멈춤을 활용할 줄 몰랐다. 멋진 연회복을 차려입고 음악과 춤을 즐기던 베짱이는 실은 속 빈 강정이었다. 겨울이라는 예고된 역경을 버텨낼 대책을 세우지 않았다. 개미의 도움이 없었다면 행복한 삶으로 마무리할 수 있었을까 싶다. 열심히 일하는 중에 가지는 '멈춤'은 책을 읽거나 음악을 듣고 사색에 빠지며 나를 채워나가는 시간이다. 내가 만약 개미와 베짱이의 작가가 되어 뒷이야기를 쓴다면, 일과 취미의 균형으로 삶을 즐기는 현명한 베짱이를 그리고 싶다.

멈춤은 김칫국물 자국이 남아있는 티셔츠를 걸친 채 나만큼 힘들고 피곤한 사람은 없을 거라며 투덜대던 나에게 깨달음을 주었다. 멈춤은 경단녀로 가는 지름길이 아니라 나와 주위의 소중함을 깨닫게 하는 시간이었다. 잘 살기 위해 빡빡한 일상을 보내며 지칠 틈조차 없던 나는 몸과 마음이 서서히 망가지는 줄 몰랐다. 건강을 잃고 남편에게 인색해지고 관계가 망가지기 직전에야 멈추었다. 육아 덕분에 가진 귀한 시간을 통해 나와 주위를 돌아보게 되었고 웃음을 되찾았다. 앞만 보고 달리는 것이 미덕이라 생각하는 사람이 있다면 멈춤의 의미를 알고 깨우치면 좋겠다. 멈춤은 더 나은 나를 위한 시작이다.

당신에게 멈추는 시간을 선물합니다

2-10.
재로 변하지 않기 위한 사색의 힘

조보라

지난 봄, 사무실 직원들과 함께 어린이대공원으로 워크숍을 갔다. 잔디밭에 돗자리를 펴고 앉아 둥그렇게 앉았다. 진행자는 각 사람에게 A4용지 한 장과 네임펜을 나눠줬다. A4용지 한가운데 자신의 이름을 적었다. 그 종이를 옆으로 전달한다. 받은 종이에 적힌 이름을 보고 그 사람에 대해 떠오르는 단어를 적는다. 한 바퀴 다 돌고 나니 내 이름이 적힌 종이가 나에게 돌아왔다. 직원들이 써 준 키워드를 살펴보았다. '열정' 단어가 눈에 띄었다. 나의 어떤 모습을 보고 열정이라는 단어를 적어주었을까?

10년도 더 된 일이다. 국내 최고 포털 기업에 사회 공헌 활동을 제안해 보기로 했다. 그 기업을 찾아가서 아동학대 관련 사업 설명을 하고 협력을 구해야 하는 일이었다. 담당자 전화번호조차 확인하기 어려운 상황이었다. 해당 부서를 찾아 메일을 보냈다. 메일을 확인하지도 않고 답도 없다. 메일을 읽어보고 관심 가지도록 하는 게 필요하다고 생각했다. 지인 중 그 기업에 근무하는 분을 찾았다. 그분도 담당자와 직접 아는 사이는 아니라고 한다. 담당자가 메일 읽을 수 있도록 메시지 전달 요청을 드렸다. 몇 차례 시도 끝에 담당자는 나에게 전화를 주었다. 요청은 고맙지만 함께하기는 어렵다는 전화 내용이었다. 그래도 실망하지 않았다. 설명할 기회를 달라고, 한 번만 만나자고 다시 한번 정중하게 메일을 보냈다. 담당자는 어디 들어나 보자며 본사에 찾아오라고 했다. 제안서를 들고 방문했다. 협업할 수 있는 프로젝트를 제안하니 담당자 마음도 열렸다. 포기하지 않는 열정이 해낸 일이다. 덕분에 포털 사이트에서 시민 참여형 가족 사진전을 개최하게 되었다. 포털 메인 화면에 가족 사진전 콘텐츠도 노출되고 아동학대 예방을 위한 방법을 시민들에게 알릴 좋은 기회가 되었다.

12월이 오면, 사무실에서는 다음 해의 업무를 계획하며 담당자 배정 때문에 고민한다. 업무별 담당자를 정해야 하는 그 순간, 회의실에는 적막이 흐른다. 어렵고 힘든 일이 자신에게 떨어질까 봐 걱정하는 눈치다. 이 순간만 지나가라 하며 다들 고개를 푹 숙인다. 다들 애꿎은 다이어리만 째려보고 있다. 그럴 때 나도 마음속에 갈등이 일어난다. 어렵고 힘든 일의 차례가 오면 "제가 하겠습니다", 결국 입 밖으로 그 말을 내뱉는다. 누군가 해야 한다면 시키기 전에 자청하려고 하다. 그러다 보니, 시간이 지날수록 일이 더 많아진다. 일을 몰고 다니냐며 동료들이 나를 놀린다.

국어사전에 '열정'은 '어떤 일에 열렬한 애정을 가지고 열중하는 마음'이라고 정의되어 있다. 포기하지 않고 계속 시도하는 힘이다. 누가 시키기 전에 먼저 하는 모습을 보고 나를 열정적이라고 알아봐 주는 것 같다. 삶과 일을 대하는 태도에서 열렬한 애정을 가지고 열중하는 모습을 보인다고 하니 기분이 좋아진다. '열정' 단어는 나에게는 상장처럼 느껴졌다.

사람들과 모이면 심심찮게 나누는 이야기 중 하나가 MBTI다. MBTI는 성격유형 검사의 하나다. 나는 ESFJ 유형인데 그중 E는 외향(Extroversion)적인 성향을 의미한다. 에너지의 방향이 외부로 향한다는 것인데, 다른 사람들에게 나의 발상, 지식이나 감정을 표현하면서 에너지를 얻는 것이다. 나는 사교적이고, 활동적이다. 쉬는 날이면 항상 약속을 잡고 밖으로 나가 사람들과 만나서 시간을 보낸다.

어떤 사람은 집에 들어가면 암막 커튼을 쳐 놓고, 주말 내내 집안에서 소파와 한 몸을 이룬다고 한다. '어떻게 가만히 누워 있을 수 있지?' 나와는 거리가 먼 일이었다. 아무 약속이 없는 날이 생겨도, 그때는 묵혀놓은 집안일을 꺼낸다. 베란다 등 대청소하는 날이다.

코로나바이러스가 한창 기승을 부리던 시기, 외출을 자제해 달라는 안내와 권고가 내려왔다. 이전까지 주말마다 아이들과 외출하고 사람들을 만나며 놀았다. 코로나가 시작된 이후 집에 머물러야 했다. 일상이 멈춘 것 같은 기분. 특히나 사람 만나기 좋아하고 나가서 돌아다니기 좋아하는 나에게는 사회적 거리 두기 시간이 꽤 힘든 시간이었다. 사람들과 만남도 자제하고, 외출도 자제했다.

2021년, 2022년, 2023년 매해, 자가격리를 하게 됐다. 2021년에는 코로나에 확진되지 않아도 코로나 환자와 접촉한 것만으로 격리가 되던 시기였다. 학교, 어린이집에 아이들을 보내지 못하고 10일씩 두 차례, 총 20일간 격리했다. 2022년에는 온 가족이 확진되어 7일간 집에 머물러야 했다. 2023년 5월 말에는 내가 먼저 코로나 확진되어 아들에게 옮기게 되면서 아들과 나는 7일간 자가격리의 시간을 보냈다.

　자가격리 의무 기간, 한 발짝도 집 밖으로 나가지 않았다. 격리하게 되면 사무실 출근도 안 하게 되고, 다른 사람과 만날 수도 없다. 코로나 확진은 갑작스럽게 찾아온다. 확진되는 순간, 자가격리에 들어가야 하니 업무도 멈추게 된다. 인수인계서를 미처 쓰지도 못했다. '나 없으면 사무실 안 돌아갈 텐데, 어떻게 하지?'라며 걱정했었다. 그 생각은 기우였다.

　예기치 못한 코로나로 인해 몇 차례 멈춤의 시간을 가졌다. 그 시간은 나에게 삶을 다시 한번 되돌아보고 중요한 것을 생각하게 해 주었다. 자가격리 기간을 가지면서 배운 점들이 많다. 내가 사무실에 며칠 출근하지 않아도 사무실은 잘 운영됐다. 내가 할 수 있는 일이라면 다른 사람들도 다 할 수 있는 일이다. 나만 할 수 있다는 착각, 내가 다 해야 한다는 착각을 내려놓는 것이 필요했다. 나 없으면 직장도, 가정도 잘 굴러가지 않을 것 같지만 막상 내가 없어도 큰 문제가 없다는 것을 배웠다.

　가정에서도 마찬가지다. 직장에서 며칠간 출장을 갔을 때, 아이들은 잘 먹고, 즐겁게 놀았다. 나의 역할이라고만 생각했던 일을 남편도 충분히 잘 해냈다.

자신이 맡은 일에 대한 책임을 다하는 것은 훌륭한 자세다. 하지만 그 안에 빠져들어 그것밖에 모르는 상태라면 얼마 가지 못하고 지치기 쉽다. 내가 일을 이끌어가는 것이 아니라 일이 나를 이끌어가는 상태가 된다. 열정도 과하면 없느니만 못하다. 불타올라 재가 될 가능성이 높다. 재가 되고 나면 사라지고 마는 것이다. 사라지지 않기 위해서는 멈추는 시간이 필요하다.

멈추는 시간은 우리에게 살아갈 힘을 비축해 준다. 힘을 쓴 다음, 멈추는 것이 필요하다. 그래야 더 큰 힘이 생긴다. 일을 쉬고, 마음을 쉬고, 몸을 쉬게 하는 힘. 멈추는 힘은 그 상황에서 잠시 빠져나갈 틈을 만들어 준다. 틈은 거리를 만들어 준다. 거리를 두면, 이전보다는 객관적인 시선으로 그 상황을 관찰할 수 있다. 관찰한다는 것은 나와 다른 사람, 상황과 세상에 대해 사색하는 힘을 말한다. 멈추어 서서 내 마음이 하는 소리에 귀 기울인다. 자신이 정말 원하는 삶을 살고 있는가? 내 마음과 만나는 시간, 멈추는 시간을 선물할 수 있기를.

3장

멈추고 나서 나는 좋아졌다

3-1.
나를 위한 멈춤

---- 글빛현주 ----

"희수야, 수정아. 우리 독립기념관 가자!"

"왜? 거기 뭐 있어? 뭐 하러 가는 거야?"

"그냥, 날씨 좋잖아. 오랜만에 전시관도 가고, 나무도 보고, 맛있는 밥도 먹고. 뭐 그러는 거지."

"안 갈래, 귀찮아. 그냥 집에 있을래."

아휴, 이것들을 그냥…. 뒤통수를 흘겨봤다. 날도 이렇게 좋은데 나무랑 꽃들 좀 보고, 바람도 좀 쐬고 그러면 안 되냐.

친정엄마와 마주 앉아 커피를 마셨다. 애들 얘기를 하며 투덜대자, 너도 그랬다고 한다. 어디 놀러 가자고 하면 가서 뭐 할 건지, 재미있는 게 있는지 꼭 물었다고 했다. 희수랑 수정이가 날 닮았다고.

"내가 그랬어?" 피식 웃음을 흘렸다.

봄에는 꽃구경 가고, 가을엔 단풍구경 가고. 이해가 안 됐다.

왜 그렇게 먼 곳까지 차를 타고 가서 흔한 꽃과 단풍을 구경하는 거야. 뭐 그리 좋다고. 발끝에 걸리는 돌멩이처럼 고개만 돌리면 널린 풍경들. 도대체 뭐 볼 게 있다는 건지. 하늘이, 꽃과 나무가 발이 달려 도망가는 것도 아닌데 여유가 생기면 마음만 먹으면 언제든 볼 수 있다고 생각했다.

시간이 아깝다는 말, 나이랑 같은 속도로 빠르게 간다는 말, 신경 쓰지 않았다. 나이가 들면 자연스럽게 여유가 생길 거라고 믿었다. 모든 걸 다음으로 미뤘다. 생각과 다르게 하루는 한 시간, 일주일은 하루 같았다. 늘 빠듯했다. 퍼뜩 정신 차리고 보니 어느새 마흔 중반. 여전히 여유는 없었고, 마음먹기도 쉽지 않았다.

직업상담사를 하면서 심리 상담에 관심이 생겼다. 우연한 기회에 대학원 입학 정보를 알게 되었다. 떨어져도 한번 도전해 보자고 생각했다. '가족 상담 치료학과'. 용감하게 지원했다. 면접을 보고 얼마 후 결과를 확인하는 순간 긴장으로 손이 시렸다. '합격'이란 단어에 확 풀려버린 긴장에 웃음이 나왔다. 운이 좋았다. 단순하게 다른 사람들의 말을 들어주고 공감만 잘하면 된다고 생각했다. 뭘 모르니 겁도 없었다.

대학원 첫날, 교수님이 한 말이 기억에 남는다. '가족은 모빌과 같다.' 우리에게 가장 큰 영향을 미치는 가족, 한 사람이 흔들리면 가족 모두가 흔들린다는 의미다. 서로가 서로에게 영향을 주고받는 관계, 나의 역할과 우리 가족에 대해서 생각하게 했다. 좋은 엄마, 참한 아내, 착한 딸…. 내가 맡은 역할 모두 다 잘하고 싶었다. 욕심인 줄 몰랐다. 다들 그렇게 산다고 생각했고 힘들어도 포기할 수 없었다. 잠시 쉬는 것도 실패라고 생각했다.

한 학기 동안 내담자가 되어 상담받을 기회가 있었다. 누군가에게 내 이야기를 한다는 게 어색했다. 여러 번 만나 이야기를 나누고 전화 통화를 하면서 서서히 마음이 열렸다. 별거 아니라고 잊고 지냈던 속상한 일들이 떠올랐다. 어린 시절의 서운함, 서러움도 나타났다. 짧은 기간에 모두 다 쏟아 낼 수는 없었지만 조금씩 내 감정에 솔직해질 수 있었다. 상담 후 집에 돌아오면 잠시 모든 걸 멈추고 내 마음을 돌아보는 시간을 가졌다. 한 번도 돌보지 않았던 마음. 반복할수록 나에게 집중할 수 있었다. 진정한 상담은 나를 알아가는 것에서부터 출발한다는 것을 깨달았다. 학기를 마칠 때쯤 마음이 한결 가벼워졌다.

그때부터다. 늘 한 자리를 지키고 있는 묵묵한 나무, 꽃과 하늘이 보이기 시작했다. 고개를 들어 멀리 산을 바라볼 수 있게 되었다. 잠시 눈을 감고 숨을 크게 쉬는 순간, 복잡한 생각이 하나, 둘 정리되었다.

일부러 시간을 만들었다. 집 근처 축구센터를 산책했다. 정해진 시간, 횟수도 없었다. 그저 틈나는 대로 걷고 하늘을 봤다. 전에는 스쳐 지났을 풍경이 보였다. 하늘은 다 같은 하늘이라고 생각했다. 아니었다. 다양한 빛, 각양각색의 구름이 있었다. 멈춰 있는 듯 고요했지만 살아 움직였다. 눈에 보이지 않았지만, 모든 것이 숨 쉬고 있다는 느낌, 처음이었다. 그냥 하던 일을 잠시 멈추는 것이었다. 때론 5분, 어느 땐 10분. 그 짧은 시간에 시선을 돌려 조금 먼 곳을 바라보는 것. 잠시나마 몸을 움직여 근처를 산책하는 것. 반복할수록 마음이 느긋해졌다. 두 팔을 날개처럼 옆으로 펼쳤다. 눈을 감고 지금을 그대로 느껴보았다. 단순히 숨만 쉴 때는 몰랐다. 그 숨 속에 다양한 향기가 숨어있었다. 더 깊이 숨을 쉬었다.

'모든 걸 다 잘할 순 없어. 지금, 이 순간에 최선을 다하는 거지. 너는 충분히 잘하고 있어.' 나를 응원하고 지지했다. 엄마가 다정한 눈빛으로 내 머리를 쓰다듬어 주었던 것이 기억났다. 그때처럼 내가 엄마가 되어 머리, 어깨, 팔, 다리…. 천천히 나를 토닥였다. 양팔로 꼭 안아주었다.

'사랑한다. 고맙다.'라고 말했다. 나를 소중히 대하는 마음이 생겼다. 햇빛 좋은 오후, 잔잔한 호숫가를 산책한 듯 마음이 안정되었다.

마음이 바뀌니 행동도 변했다. 사람들과의 관계도 조금씩 변화가 생겼다. 전에는 나와 다른 생각과 말은 받아들이기 힘들었다. 낯선 장소에서는 사람들에게 다가가지 못했다. 구석에 자리 잡고 조용히 있었다. 고슴도치처럼 가시를 세우고 다가오는 것도 피했다. 마음의 여유가 없었던 탓이다. 모두와 잘 지내고 싶었지만, 감정 표현이 서툴렀다. 말하지 않아도 누군가는 알아주길 바랐다. 그러면서도 좋은 사람, 괜찮은 사람으로 보이고 싶었다. 솔직하지 못했다. 내 마음이 불편하니 관계도 불편했던 거다

상담을 공부하면서 내가 변하지 않으면 어떤 것도 변하지 않는다는 것을 알았다. 자연에서 배웠다. 나무와 나무의 간격을 보고 깨달았다. 서로를 인정하고 이해하는 건강한 거리가 있다는 것. 나를 이해했던 것처럼 타인을 있는 그대로 인정하려 노력했

당신에게 멈추는 시간을 선물합니다

다. 서로 다르다는 것이 틀린 게 아니라는 것도 알게 되었다. '그럴 수 있지.'라고 편하게 생각했다. 보는 사람마다 '좋은 일 있어요?'라고 물었다. 마음이 변하니 표정도 달라졌다. 사람들에게 먼저 다가가 반갑게 웃으며 인사도 했다. 서먹했던 관계도 한결 편안해졌다. 서로 존중하고 배려하는 관계는 나로부터 비롯된다는 것. '멈춤의 시간'을 통해 얻은 배움이었다.

멈춘다는 것은 포기가 아니다. 더 나은 내가 되기 위한 충전이다. 바쁜 일상에 잠시 멈추는 시간을 갖는 것은 중요하다. 마음공부와 시선 돌리기, 산책과 숨 고르기는 나를 위한 '멈춤'이었다. 있는 그대로 인정하고 받아들일 수 있는 계기가 되었다. 나를 인정하니 다른 사람과의 관계도 좋아졌다. 짧은 순간의 멈춤이지만 반복할수록 마음이 단단해졌다. 여전히 하루에 서너 번은 고개를 들어 하늘을 본다. 가끔은 한 곳에 집중된 시선을 돌려 주위를 환기시킨다. 먼 산과 하늘, 자연을 통해 배울 수 있었다. 마음의 여유는 나이가 들면 자연히 오는 것이 아니라 내가 만들어야 한다는 것을. 잠시 멈춤으로써 여유가 생겼다.

3-2.
습작이 되는 이유

김윤정

　　토요일, 집에서 차로 30분 거리에 있는 함안 가야로 간다. 아들을 발명 수업이 있는 초등학교에 데려다주고 나면 오롯이 나만의 시간이다. 주로 근처 도서관으로 향한다. 많은 글에서 가을을 독서의 계절이라고 써놓았지만, 햇빛과 바람은 밖으로 나오라고 나를 유혹한다. 은행나무와 단풍나무는 짙은 초록색에서 노랗고 빨간색으로 옷을 갈아입었다. 함안은 깊이 물드는 중이다. 나는 도서관 옆에 있는 함주공원으로 가고 싶어졌다. 휴대용 의자와 간식을 챙겨 메타세쿼이아 아래에 자리 잡았다. 나무 사이를 휘저으며 불어오는 바람은 그늘과 함께 시원한 공간을 마련해주었다.

　　또르르, 작고 하얀 공 하나가 내 발아래에서 멈추었다. 공원 잔디밭에는 어른들이 게이트볼 연습으로 한창이다. T자 모양 막대기를 휘두르는 모습은 꼭 골프와 닮았다. 공을 칠 때 들리는 똑딱거리는 소리가 가을에 어울리는 멜로디 같다. 삼삼오오 짝을 이루며 움직이는 발놀림이 리듬에 춤을 추는 듯 보였다. 새하얀 흰머리를 가졌지만, 이 순간만은 나이를 가늠하지 못할 정도다. 내 발밑에 있는 공을 저만치 갈 수 있게 손으로 굴렸다. 공은 잔디 사이를 헤집으며 멀리 나아갔다. 어느새, 나를 배구로 낙서된 시절로 데려가 버렸다.

나는 초등학교 일 학년과 이 학년을 어촌마을 분교에서 보냈다. 학생은 남자 아홉 명과 여자 세 명이 전부였다. 어느 날 선생님은 남자아이에게는 축구공, 여자아이에게는 하얀 배구공을 선물로 주었다. 공마다 까맣고 굵은 글씨로 이름이 적혀 있었다. 우리는 체육 시간뿐 아니라 쉬는 시간에도 공을 가지고 운동장으로 나갔다. 한쪽 귀퉁이에 여자아이 세 명이 나란히 서서 배구공을 벽으로 던져, 주머니처럼 모은 손으로 받아쳤다. 열 개, 스무 개를 하고 나니 손목이 시뻘게졌다. 밥 먹을 때마다 숟가락 잡은 손이 저절로 떨렸다. 모르는 사람이 보면 부모님께 맞았냐는 소리를 들을 만큼 멍이 번졌다. 하얀색 달걀을 문지르면 멍이 나아지는 것처럼 백 개, 이백 개의 하얀 공을 받아내고 나서야 보라색 멍이 사라지고, 원래 피부색으로 돌아왔다. 분교 생활을 끝내고 인근에 있는 초등학교로 옮기면서, 배구공을 만질 기회가 더 이상 없었다. 내 이름이 적힌 공도 사라졌다.

내 아이가 초등학교 일 학년을 입학하고 난 얼마 후, 학교에서 안내장이 왔다. 학부모 배구 회원모집 신청서였다. '배구'라는 두 글자를 보는 순간, 그리웠던 친구를 다시 만난 것 같아 가슴이 두근거렸다. 손바닥에 벌써 배구공이 놓여 있는 것 같았다. 공을 집어 들 듯 펜을 들어 이름 석 자를 굵고 진하게 적었다. 그렇게 나는 아이의 초등학교 학부모 배구선수가 되었다.

일주일에 세 번 초등학교 체육관에서 배구 연습을 했다. 분교 생활 그 시절로 다시 돌아갈 수 없지만, 배구공을 만질 수 있다는 생각에 행복했다. 유니폼 등판에는 내 번호와 이름이 적혀 있었다. 옷을 입고 거울 앞에 서서 바라보니 제법 선수의 폼이 갖춰진 듯 보였다. 팔에 멍이 생길수록 몸은 기억해 내는 것들이 점점 많아졌다. 상대방이 공을 날릴 때, 나는 두 손으로 거뜬히 받아넘겼고 어려운 순간도 여러 번 이겨냈다. 백 개 이상이나 되는 리시브(상대편의 서브를 되받아치거나 되돌리는 것)도 손쉽게 해냈다.

그러나 어느 순간부터 인상 찡그리는 날이 늘어났다. 경기하는 횟수가 많아질수록 목소리는 자연스럽게 짜증 섞인 말투로 변했다. 작은 실수에도 상대를 비난하는 일이 잦아졌다. 머릿속에는 이겨야겠다는 생각만 가득했다. 시합할수록 성격은 모가 났고 표정은 어둡게 변해갔다. 스스로가 이러면 안 된다고 느끼면서도 멈추지를 못했다.

함안군에서 중요한 배구 경기가 있는 날이었다. 상대방은 인근에서 제법 잘하는 팀으로 알려져 있었다. 우리 팀의 배구 경력은 나 포함해서 고작 몇 년인 선수들이 많았다. 나는 오른쪽 공격할 수 있는 자리에 섰다. 실력은 부족했지만, 첫인상은 강하게 보이고 싶었다. 여우처럼 날카로운 눈을 하기 위해 머리를 세게 올려 묶었다. 어두운 색깔의 아이섀도로 스모키 화장도 했다. 호루라기 소리와 함께 경기가 시작되었다. 공이 내 머리 위로 띄워졌다. 상대방 진영으로 공격하려고 높이 점프했다. 너무 욕심냈을까. 스파이크를 때리고 바닥에 착지하는 순간 오른쪽 발목을 삐어버렸다. 경기 도중 코트 밖으로 나가 응급조치를 했다. 심상치 않은 발목을 보고 주위에서 이번 시합은 쉬는 게 좋겠다고 말했다. 나는 사람들의 만류에도 불구하고 할 수 있다는 고집을 부렸다. 다시 코트에 들어가 경기에 임했다. 결국 그날 우리 팀은 지고 말았다.

속상한 마음이 커질수록 발목이 따라 크게 부었다. 병원에 다녀도 낫지 않았다. 침을 맞고 발목에 좋다는 온갖 민간요법을 써도 나아지기는커녕 더 아파졌다. 날씨가 흐리면 시큰거려 절뚝거리면서 걸었다. 굽 높은 구두는 지금도 신지 못한다. 나는 이경기 이후 두 번 다시 배구 코트 안으로 들어갈 수 없게 되었다. 배구에 대한 애착은 그리움을 만들었지만, 이겨야 한다는 집착은 괴로움을 낳았다. 작고 흰 게이트볼이 내 발밑으로 다가왔을 때, 배구에 대한 미련과 끝까지 해내지 못한 아쉬움이 함께 밀려왔다.

꽤 오랜 시간 동안 공원에서 어른들은 게이트볼 경기를 하고 있었다. 저기 보이는 이들은 계속 웃으며 즐기고 있다. 이제야 알 것 같다. 잘하고자 하는 욕심을 멈추어야 유쾌한 모습으로 끝까지 지속할 힘이 주어진다는 것을 말이다.

그리고 보니 지금 내 눈앞에 있는 종이가 네모난 배구 경기장과 참 닮았다. 인생에 미완성으로 남겨져 있던 배구 이야기를 꺼내어 백지 위에 적는다. 이제는 집착보다 애착을 남긴다. 복잡하게 생각했던 이야기도 따지고 보면 현재를 뒤따라 평행하게 어우러져 왔는지 모른다. 헝클어진 줄도 다듬으면 예쁜 리본이 되는 것처럼 미련과 아쉬움으로 어지럽던 과거의 생각과 감정을 정리하여 글로 남긴다. 바쁜 일상에서 잠시 멈추어 경기장 같은 하얀 종이에 오늘도 내일도 펜을 들고 신나게 놀고 싶다. 내가 그린 낙서들이 습작이 된다.

당신에게 멈추는 시간을 선물합니다

3-3.
마음의 변화를 찾아서

김효진

'이혼할까.'

이날도 남편과 싸웠다. 나는 분노 조절 장애라고 할 만큼 화를 잘 낸다. 멈추고 싶은 생각이 들었지만, 행동은 생각처럼 잘되지 않았다. 멈추고 싶었다. 좀 참을 걸, 그 말은 하지 말 걸, 이런 후회 하고 싶지 않았다. TV에서 본 최면이 생각났다. 최면을 걸어서라도 내 마음과 행동을 바꾸고 싶었다.

네이버에서 최면 카페를 발견하고 가입했다. 게시물 중에서 운명을 바꿀 수 있다는 제목이 눈에 띄었다. 아빠, 할아버지, 그리고 외할아버지까지 화를 잘 냈다. 대를 걸쳐 내려오는 업보 같았다. 운명을 바꾸면 이 지긋지긋한 화에서 벗어날 수 있겠다는 생각이 들었다. 클릭하고 보니 마음공부하는 선원을 홍보하는 글이었다. 다시 링크를 통해 선원 카페에도 가입했다. 순식간에 몇백 개나 되는 게시물을 다 읽었다. 그리고 나에게 종교가 생겼다.

선원에서는 일주일에 네 번씩 법회를 열었다. 나는 서울 관악구에서 살았다. 선원은 경기도에 있었다. 수요일 오전 10시에 있는 법회 참석을 위해서는 이른 아침부터 서둘러 채비해야 했지만 기꺼이 경기도로 향했다. 금요일은 남편에게 조금 일찍 퇴근하라고 부탁했다. 일요일은 남편에게 아이를 맡기고 갔다. 일주일에 세 번은 꼭 다녔다. 선원만 다녀오면 남편은 내가 착한 마누라가 된다고 했다. 서로 싸우는 횟수도 줄었다. 화를 이기면 성격이 바뀌고, 인생 또한 편할 거로 생각했다. 대를 걸쳐 내려오는 운명을 바꿀 거라며 열심히 다녔다.

외부 상황에 대한 나의 반응이 마음의 평화와 행복을 결정한다고 배웠다. 그 반응을 선택하는 것은 자신의 몫이다. 무슨 일이 생기면 습관처럼 불편한 감정이 올라온다. 감정과 상황을 인식한다. 분노, 슬픔, 두려움 같은 부정적인 감정을 느낄 때 '멈춤'을 통해 알아차린다. 감정을 인식하고 원인을 이해하면 적절하게 대응할 수 있다. 멈춤으로 반응을 선택할 수 있다는 것을 안 그날부터 노력하기로 했다. 더 이상 화를 내거나 상황에 휘둘리지 않겠다고 다짐했다. 선원에서 말하는 멈춤이란 현재에 완전히 집중하고 자기 생각과 감정을 객관적으로 관찰하며, 그에 따라 적절하게 반응하는 것을 의미한다. 이것이 잘되지 않을 때는 불교 경전을 외우며 부처님을 찾으라고 했다.

잘되지 않았다. 화를 내는 나를 알아채고도 또다시 화를 냈다. 그러고는 아차 싶어 부처님을 입에 달고 살았다. 아침에 눈을 뜨고 세수하거나, 밥을 먹을 때, 장을 보거나, 잠에 들려고 할 때에도 항상 부처님을 떠올렸다. 잠깐 놓치면 어느새 화를 내고 있었다. 마음속으로 계속 되새기고 입으로 읊조렸다.

"자기야 이제 나 좀 변하고 싶어. 화를 안 내려고 노력은 하는데 나도 모르게 소리를 지를 수 있잖아. 화를 낼 때마다 나 정신 차리게 '부처님' 하고 한 번만 말해줘. 알았지?"

남편에게 부탁했다. 웃으며 살고 싶었고, 함께 행복해지고 싶었다. 그 후로 남편은 내가 소리를 지를 때마다 신을 불렀다. 나는 멈추고 정신 차리기를 반복했다. 화가 완전히 사라지지 않는다. 하지만 잔소리하는 횟수가 훨씬 줄었고, 전보다 얼굴 붉히며 고함지르는 일이 적어졌다. 무엇보다 이런 성격을 다 받아주고 살고 있는 남편에게 고마웠다. 나라면 벌써 도망갔을지 모른다. 선원에 다닐수록 남편에게 미안한 마음이 커졌다. 내 곁에 남편을 두게 한 부처님에게 감사했다. 지금은 안다. 남편이 보살이다.

화가 나는 감정을 통제할 수 있다는 사실을 배웠고, 그를 실천하려 노력했다. 쉽게 변하지 않지만, 화가 날 때마다 스스로 질문했다. 왜 나는 화가 났을까, 내가 진짜로 원하는 게 뭘까, 어떻게 다르게 반응할 수 있을까.

하루는 아이가 접시를 깼다. 익숙한 화가 불쑥 치밀어 올랐다. 그릇을 치우기 귀찮다는 생각이 제일 먼저 들었다. 조심성 없는 아이에게 짜증이 났다. 잠시 멈추었다. 한숨을 크게 들이마셨다. 속으로 하나, 둘, 셋을 세었다. 화가 나는 이유가 그게 다인지 생각했다. 그러다 곧 아이가 깨진 유리 조각에 다치지 않을까 걱정하는 마음이 든 것을 알게 되었다. 귀찮은 마음보다는 걱정하는 마음을 내기로 했다. 아이는 이미 혼날 것을 예감한 표정이었다. 눈물이 그렁그렁하다. 나는 괜찮으냐고 말하며 안아주었다. 화낼 이유가 없었다. 오히려 다치지 않아서 정말 다행이었다.

어느 날은 남편이 약속 장소에 나타나지 않았다. 오래 서 있으니 다리가 아팠다. 날씨도 쌀쌀했다. 휴대폰으로 연락하니 받지 않았다. 불편한 상황에 습관처럼 화가 났다. 그러다 다르게 생각해 보았다. 분명 내가 기다리고 있다는 것을 남편은 알고 있다. 그런데 연락도 없고 장소에도 나타나지 않는다. 혹시 무슨 일 생긴 것이 아닐까. 아니면 회사에서 갑자기 일이 생긴 것일까. 걱정되었다. 이런저런 생각을 하고 있을 때 멀리서 남편이 보였다. 걱정의 마음은 순간 사라지고 반가움이 앞섰다. 나는 애썼다고 말하며 평소보다 더 환하게 웃었다.

몇 번의 질문으로 화가 나는 이유를 파악한다. 화를 내는 대신 이해와 사랑이 생겨났다. 그 과정에서 내 삶에 대한 새로운 이해와 마음에 평화를 얻는 방법을 찾아냈다. 이제 나는 어떤 감정을 선택하느냐에 따라 얼마나 내 삶이 긍정적으로 변화하는지 알게 되었다.

질문과 선택이 화가 나는 감정을 멈추게 하였고, 나와 가족을 변화시켰다. 화를 대하는 내 태도도 달라졌다. 힘들게만 느껴졌던 지난 일들이 서로의 입장을 헤아리고 너그럽게 받아들이는 시간으로 바뀌었다.

　아이들에게도 왜 엄마가 화가 나는지 설명해 주었다. 문제가 생기면 어떻게 해결해야 하는지 하나씩 알려주었다. 불같던 화가 조금씩 잦아들었다. 화를 내고 난 후 나를 책망하던 감정도 점점 줄어들었다. 누가 뭐래도 마음 편한 것이 최고다. 그게 행복 아닐까. 화나거나 슬픔이 찾아올 때 '멈춤'을 기억하면 좋겠다. 감정에 대해 어떻게 반응할지 먼저 정하고 대응하면 삶이 지금과는 많이 달라질 거라고 감히 장담한다.

3-4.
이동하는 시간은 멈추는 시간

백란현

　　　　구글 지도에 그려지는 나의 동선을 살펴보는
재미가 있다. 작가 모임에 참여하기 위해 자주 서울에 간다. '아
는 장소인가요? 핫트랙스 잠실점에서 리코더 살 수 있나요?'라
고 물어보는 질문에 웃었다. 잠실에 서 있었기 때문에 구글 지도
가 나에게 물어본다.

　집순이다. 집에서 종일 있어도 답답해하지 않는다. 김해 살고
있지만 부산에 나가본 적 거의 없다. 버스 노선 볼 줄 모르고 지
하철 노선 헷갈려 반대로 탄 적도 있어서 도시에 나가지 않는다.
그저 내가 사는 동네가 최고라 여기며 살고 있다.

　〈자이언트 북 컨설팅〉 공저 출간 계약을 위해 처음 김포행 비
행기를 예매했었다. 멀어서 갈 수 있을까 고민했다. 계약 장소가
'서울특별시'라서 부담을 느꼈다. 더군다나 신학기 준비로 전 교
직원 출근 주간이라 조퇴하겠다는 말을 꺼내지 못했다. 계약서

사인은 생략할까. 대표 저자도 아니니 괜찮다고 생각했다. 공저 집필을 지도해 준 이은대 대표에게 계약하는 날 못 갈 것 같다고 전화했다. "저는 오라는 말 말고는 할 수 있는 말이 없습니다." 줌에서 본 작가들을 한자리에서 만나는 날인 만큼 나도 가고 싶었다. 오전에 근무하고 비행기로 올라가면 시간이 맞겠다고 판단했다.

제주 시댁 갈 때 자주 들렀던 김해공항이다. 탑승 수속 어렵지 않았다. 비행기 안에서 밖을 내다보면 바다 또는 구름만 보였는데 김포행은 달랐다. 구름이 많이 없었던 날이라 땅, 골짜기, 산이 보였다. 처음 가는 김포행, 김포공항에서 서울 패스트파이브 시청 1호점까지 가는 지하철 노선도 미리 검색해 두었다. 비행기 탑승 전, 비행기 안에서, 내렸을 때, 김포공항에서 지하철 5호선 찾아가는 과정도 사진으로 남겼다. TV로만 보던 '한강'을 건널 때 국회의사당이 눈에 들어왔다. 놓치지 않으려고 사진 찍었다. 서울행, 작가로서의 첫 출장이자 여행이었다. 다른 일정은 없었다. 커피 한 잔을 마셔도 출입 바코드 찍어야 하는 코로나 기간이었다. 출간계약서에 이름, 주소, 연락처를 기록한 후 김해공항으로 되돌아왔다. 비행기보다 지하철을 더 오래 탔다. 서울 여정은 나에게 멈춤이자 여행이었다.

전날 서울 다녀온 일을 기록하고 싶어서 평소보다 한 시간 일찍 일어났다. '경상도 사람, 서울 나들이에서 발견한 점 일곱 가지'라는 제목으로 포스팅했다. 첫 서울 나들이에서 길 잃어버리지 않아서 다행이었다. 지하철 환승 안내 표시라든지, 퇴근 시간과 겹쳐 사람 사이에 끼여서 이동한 상황, 약속 장소 근처에서 방향을 잃어, 네이버 지도를 열어 점 이동 방향 확인하고 목적지를 찾은 경험까지 기록했다.

서울에는 급행 지하철도 있구나. '서울 발견'의 기쁨에 혼자 웃었다. 기록하는 '나'의 모습도 과거와 달리 유쾌해진 것 같다. 작가 업무차 이동했던 여정을 혼자 즐긴 내가 기특했다.

앞으로도 멈출 기회를 놓치지 않기 위해 나만의 세 가지 원칙을 정리해 보았다. 첫째, 작가 모임은 멀더라도 참석하자. 둘째, 스마트폰이 있으니, 길 못 찾을까 봐 걱정하지 말자. 셋째 교통비가 비싸더라도 한 번에 하나씩만 볼 일을 해결하자.

첫째, 작가 모임은 거리와 관계없이 참석자 명단에 내 이름을 올렸다. 교보문고 잠실점에서 한 달에 한 번 작가 사인회가 열렸다. 처음 열렸던 2022년 8월에는 대구교대에 있었던 기간이었다. 김해에서 서울 잠실까지 가기엔 거리가 있으니까 대구 있을 때 한 번 가자는 마음으로 신청서를 냈다. 〈자이언트 북 컨설팅〉 작가들과 대면하여 밥 먹고 이야기하는 시간이 금방 지나가 버렸다. 아쉬움에 다음 달엔 김해에서 출발하지만 한 번 더 참석하기로 했었다. 김포행 비행기로 올라갔다. 집으로 오는 길, 수서역 출발 부산 도착 SRT도 타 보았다. 이제 전국 팔도 돌아다녀도 겁내지 않는 '백길동'이 되었다, 수원에서 열렸던 김정민 작가 사인회, 광명에서 열렸던 이은대 대표 강의, 대전 '멘탈 파워 성공 스쿨' 1주년 행사까지. 작가들이 모이는 행사엔 거리를 따지지 않고 다녀왔다. 최근에는 광주와 예산에 사는 [글빛백작] 책 쓰기 전문과정 작가들도 만나러 다녀왔다.

둘째, 스마트폰을 활용하여 길 찾아다니는 재미를 붙였다. 교사들끼리 함께 했던 '자기 경영 노트' 대면 모임은 서울 종로 '한옥 궁'이라는 공간에서 이루어졌다. 서울역에서 내려 버스를 타고 찾아간 첫 번째 장소였다. 막상 장소 근처까지는 찾아갔으나 목적지를 발견하지 못했다. 네이버 도보로 길 찾기를 눌렀다. 현재 위치에서 출발, 도착지는 '한옥 궁'으로 설정하고 걷는 사람 모양을 눌렀다. 내가 들고 있는 스마트폰 화면에 나의 위치가 점으로 표시가 되었다. 걸어가는 방향에 맞게 점도 따라 움직였다. 목적지와 점이 점점 멀어졌다. 방향을 잃은 거다. 반대로 걸었더니 원래 위치로 되돌아왔다. 이제부터 점을 한옥 궁으로 옮길 차례다. 스마트폰 없었으면 여기저기 물어보며 다녔을 터. 편리한 세상이다. 스마트폰만 있으면 여행 다닐 수 있다. 점이 목적지로 향하도록 내 다리를 움직이는 순간도 나에겐 일상 멈춤이자 재미다.

셋째, 김해에서 서울까지 올라간 김에 다양한 곳 구경 다니면 좋겠지만 한 가지 일만 집중하기로 했다. 2022년 5월 '국민강사 교육협회' 강사 위촉식과 8월 교사 '자기경영노트' 대면 모임에 참여했다. 둘 다 서울에서 열렸다. 점심 식사를 위해 지인과 식당에 간 일 외엔 다른 일정은 잡지 않았다. 최근 큰딸 희수와 함께 비행기와 KTX를 이용하여 다녀온 백일장대회, 인천 초행길도 걱정하지 않았던 이유는 작가로서 서울 오갔던 경험이 있었기 때문이다.

남들은 내게 자주 말한다. 한 번 올라가는 돈과 시간이 아까워서라도 하룻밤 잠을 자고 여기저기 구경하고 다음 날 내려오라고. 딸과 인천 다녀온 후 홍대거리만 들르기로 했었다. 혼자였다면 어딜 다니지 않았을 텐데 희수와 데이트라도 해야 할 것 같았다. 인천에서 출발했으니 지하철 환승도 해야 했고 홍대거리에서도 골목 헷갈렸다. 검색해서 평점 좋은 식당은 입장 순서를 기다려야만 했다. 이 또한 나는 멈춤의 시간이라 생각한다. 다음엔 홍대거리만 목표로 가 보면 구석구석 볼 수 있을 것 같았다. 홍대 캠퍼스까지 구경해도 좋겠다.

오후에 열리는 잠실 교보문고 사인회에 가는 날이었다. 오전에 백희나 작가 원화 전시회도 구경할까 싶어서 입장권을 예매했었다. 동선을 다시 예상해 보니 사인회 시작 시각 안에 못 올 것 같아서 입장권을 환불했다. 그랬더니 마음에도 여유가 생겼다. 1박을 하지 않는 한, 서울 방문할 때 한 가지 목적만 달성하기로 했다.

서울 나들이는 나에게 '멈춤'이다. 열차 안에서 그간 부족했던 잠을 자기도 하고 스마트폰 갤러리를 열어 찍어둔 사진도 본다. 블로그에 글도 쓰고 밀리의 서재 전자책 읽어주는 소리도 듣는다. 내 몸은 의자에 앉은 채 멈춰 있는 것 같지만 열차는 제시간에 도착한다. 장거리 이동 시간을 즐기는 여행자가 되었다. 내게 주어진 왕복 다섯 시간 여정을 나만을 위해 사용한다. 혼자만의 멈춤 시간이다.

또다시 서울 작가 모임, 대구 출간 계약을 위한 열차표를 예매했다. '이동하는 멈춤' 덕분에 얻은 에너지로 오늘도 교사와 작가 일에 몰입할 생각이다.

3-5.
새로운 시작을 위한 멈춤, 성장의 시간

서영식

직장생활 하면서 바쁘게 달려왔다. 멈춰서 지난 시간을 돌아본다. 23년 동안 한 직장을 다니고 있다. 2001년 3월에 입사해서 지금까지 많은 일을 했다. 신입사원 때는 아무것도 몰랐다. 그냥 시키는 대로 따라가기 급급했다. 쉴 틈도, 생각할 여유도 없었다. 무조건 그날 해야 할 일을 하는 게 우선이었다. 입사 4년 차에 새로운 일을 맡았다. 그 당시엔 혁신이 유행이었다. 혁신은 가죽을 벗겨서 새로 만든다는 뜻이다. 모든 일을 새로운 관점에서 보고 개선할 사항을 찾았다. 보고자료를 만들기 위해 밤새워 가며 일했다. 모두 열심히 노력한 덕분에 회사는 그때보다 다섯 배 이상 성장할 수 있었다.

새로운 일을 하고 싶었다. 도전했다. 큰 결심을 하고 2010년, 서울 본사에 지원했다. 창원공장에서 본사로 이동했다. 수출 관리 업무를 맡았다. 공장에서 해외 영업으로 이동한 사람은 내가 처음이었다. 주위에서 내가 잘 적응할 수 있을지 염려했다고 한다. 같은 회사지만 새로운 환경에서 업무하기 쉽지 않았다. 빨리 적응하기 위해 모르는 것은 무조건 질문했다. 십 년 동안 공장에서 익힌 업무 노하우도 도움이 되었다. 2년 반이 지나고 또 부서 이동을 했다. 다시 새 일을 맡았다. 일부는 공장에서 했던 일이기도 하지만 완전히 다른(새로운) 업무도 있었다. 쉽지는 않았다. 누가 말했다. "과장님은 인큐베이터 같으세요. 뭔가 안정이 되면 다시 이동하시네요." 겨우 적응했다 싶었는데 또 이동하게 되었다. 새로운 프로젝트를 맡아서 밤도 많이 새기도 했다. 같이 하는 컨설턴트들이 걱정을 해줬다. 일이 많은데 한꺼번에 혼자 하려니까 힘들겠다고 위로도 해줬다. 끝나고 나서 더 많은 자료를 확인할 수 있고 프로세스도 개선되었다. 다시 2020년 새로운 일을 맡았다. 이때까지 하지 않았던 일이다. 완전히 다른 업무를 맡아서 다시 배우고 일했다. 부서를 이동할 때마다 새로운 환경에 적응하려 노력했다. 다른 업무를 맡을 때마다 열심히 공부하고 업무를 배웠다.

새로운 일을 하기 위해서는 멈춰야 했다. 반드시 멈춰야 하는 시간이 필요했다. 기존에 하던 일이 아닌 다른 일은 새롭게 배워야 한다. 멈추는 시간은 나를 더 성장하게 했다. 새로운 일을 배우면서 공부를 많이 했다, 계속 같은 일만 했다면 경험하지 못했을 것이다. 직장생활을 하면서 많이 바뀌어야 두, 세 가지를 하는데 부서가 바뀌면서 다양한 업무 경험을 했다.

TV에서 『온앤오프』라는 예능 프로그램을 본 적이 있다. '온(ON)'은 일할 때 모습, '오프(OFF)'는 일하지 않는 쉴 때 일상이다. 일할 때와 쉴 때, 다른 모습을 볼 수 있어서 재미있었다. 직장생활을 하면서 바쁘게 일한다. 잠깐 오프 상태인 전원 플러그를 뽑는 시간도 필요하다. 쉬는 시간이 다시 일할 수 있게 하는 힘을 얻게 한다. 커피를 한 잔 마시면서 직장동료와 이야기를 나눈다. 다른 업무를 하는 동료와 이야기를 나누면서 아이디어를 얻기도 한다. 계속 책상에 앉아서 모니터와 씨름하면 머릿속으로만 생각한다. 이야기를 나누고 멈추는 시간을 갖게 되면 생각지도 못한 아이디어가 떠오를 수도 있다.

글쓰기 전 질문을 한다. 오늘 나에게 하고 싶은 말은 뭘까? 어떤 내용으로 글을 쓸까? 질문하는 시간도 멈추는 시간이다. 글쓰기 전엔 이런 시간이 없었다. 나를 돌아보는 시간을 갖지 않았다. 글을 쓰기 시작하면서부터 나를 돌아본다. 매일 블로그에 한 편의 글을 쓴다. 글쓰기 전 질문하는 시간을 통해 어떻게 살고 있는지, 살고 싶은지 생각한다. 나를 더 알아간다. 내가 좋아하는 것, 원하는 것, 좋아하지 않는 것, 감정 관리하는 방법도 알수 있다.

멈추는 시간, 마음 근육이 더 단단해졌다. 예전에는 좋지 않은 기분을 집까지 갖고 왔다. 지금은 점심시간에 잠시 짬을 내어서 글을 쓴다. 글쓰기 전 내 마음 상태를 돌아본다. 기분이 좋지 않은 이유를 생각한다. 마음 상태를 알게 되니까 빨리 기분 전환을 할 수 있게 된다. 어떤 병에 걸렸을 때 원인을 모르면 치료하기가 어렵다. 증상에 대한 원인을 파악하고 치료를 받으면 빨리 나을 수 있다. 때로는 원인을 제대로 파악하지 못하는 예도 있다. 맹장염인데 장염으로 진단해서 뒤늦게 수술했다는 이야기도 들었다. 몸이 아플 때 정확한 진단을 해야 치료를 받고 빨리 나을 수 있다.

멈춰서 생각하는 시간을 가지면서 나에 대해서 좀 더 잘 알게 되었다. 감정 관리를 할 수 있게 되었다. 화를 잘 내지 않는 편이지만 화를 낸 적도 있다. 지금은 화를 낼 상황까지 가지 않는다. 마음이 불편하면 잠깐 생각을 한다. 왜 화가 나려고 하지? 아, 지금 내가 생각하는 방향대로 안 되기 때문에 그렇구나. 그럼 어떻게 하지. 방법을 바꿔야겠다고 생각한다. 글쓰기 전에는 억지로 원하는 방향대로 끌고 가려고 했다. 지금은 상황에 따라 생각을 바꾼다. 원하는 대로 되지 않으면 마음이 불편하고 화가 났다. 지금은 스트레스를 덜 받는다. 있는 그대로 상황을 인정하고 방법을 바꾸려고 한다.

멈춘다는 의미가 단지 모든 걸 내려놓는 것만은 아니다. 휴식과 게으름은 다르다고 생각한다. 휴식을 취하는 것은 다른 일 하기 위해 쉬는 것이다. 게으름은 해야 할 일을 하지 않고 그냥 노는 것이다. 중요한 시험을 앞두고 잠깐 쉬면서 휴식을 취할 순 있다. 계속 쉬기만 해서는 원하는 성적을 얻을 수 없다. 휴식과 게으름은 차이가 있다고 생각한다.

멈춘다는 생각을 잘하지는 않았다. 뭐든지 하려고 움직였다. 가만히 있으면 죄책감을 느끼기도 했다. 주말에 아무 생각 없이 TV 리모컨을 돌리고 있으면 시간을 헛되이 보낸다는 마음이 들었다. 지금은 TV를 보는 시간을 정한다. 정해진 시간이 되면 바로 TV 전원을 끈다. 휴식이라고 생각한다. 멈추는 시간에 의미를 부여하니까 죄책감도 없어진다. 효율적으로 시간을 관리한다.

멈추는 시간으로 책을 검색해 보면 많은 종류가 있다. 명상에 관한 내용도 많다. 명상도 좋은 도구다. 자주 명상을 자주 하지는 않지만 일 때문에 머리가 복잡할 때 눈을 감고 생각을 정리해 본다. 정리된 생각을 글로 옮긴다. 일할 때 무턱대고 하는 것이 아니라, 해야 할 일을 정리하는 시간을 먼저 가진다. 계획 없이 일할 때와 전체적인 밑그림을 그려놓고 할 때 업무 효율은 차이가 난다. 그림을 그리는 사람들을 보면 스케치를 먼저 한다. 스케치하기 전에 무엇을 그릴지 생각한다. 멈추는 시간은 계획하는 시간이고 진행 현황을 돌아보는 시간이다. 어떤 일이 잘 풀리지 않을 때가 있다. 한 발 뒤로 물러나서 생각하는 시간은 새롭게 문제를 푸는 방법이다. 일이 잘 풀리지 않는다면 한 발 뒤로 물러나 생각하는 시간을 갖는 것. 문제를 풀 수 있는 다른 방법이 될 수 있다.

3-6.
반드시 멈추어야만 하는 일도 있다

송슬기

지금부터 할 이야기는 나의 음주 이력에 대한 고백이다. 술. 한숨부터 나온다. 여자가 술이라니, 남부끄러운 일이라며 잔소리할 엄마의 모습도 눈에 선하다.

요즘은 술을 말할 때 성별에 크게 구애받지 않는 분위기인 것 같다. 술을 마시고 안 마시고의 차이가 남녀의 차이가 아니라 개인의 취향의 문제라는 것을 주변에서 많이 본다. 한 드라마는 매일 친구들과 술을 마시는 여자들의 이야기로 인기리에 방영되었는가 하면, 한 여성작가의 술에 관한 에세이는 베스트셀러가 되기도 했다. 하지만 그와는 별개로 나의 음주를 멈추기 위해 그간 저지른 과오를 이야기하려니 큰 용기가 필요한 것도 사실이다.

어린 시절에는 술이 싫었다. 술에 취한 아버지 모습 때문이었다. 아버지가 운영하시던 공장에 불이 났다. 큰 화재 사고 이후 사업도 같이 기울었다. 술을 드시면 주변과 다툼도 잦았다. 그런

당신에게 멈추는 시간을 선물합니다

아버지의 모습으로 술에 대해 부정적일 수밖에 없었다. 사춘기, 감성이 예민했던 시절 그 기억 때문에 절대 술을 마시지 않겠다고 다짐했었다.

스무 살, 군 생활을 시작하면서부터 술을 배웠다. 군 복무규율 이외에 선배들에게 배웠던 것은 '여군 회식 강령'이었다. 실제 그런 강령이 존재하진 않지만, 술자리 예의에 대해 엄격하게 배웠다. 치마나 청바지는 안 된다. 술을 따를 때는 두 손으로 상표를 가려야 한다. 술잔을 부딪칠 때는 선배들보다 낮은 위치에 부딪혀야 한다. 가장 높은 계급(혹은 군번) 순서로 술잔을 돌려야 한다. 사소한 것 하나까지 지적받았다. 실수라도 한 날이면 어김없이 다음 날은 꼭 선배들에게 따로 불려 가서 한 소리 들었다. 가뜩이나 술에 대해 부정적인데 고까울 리 없었다. 회식 자리는 늘 부담이었다. 강요하진 않았지만, 눈치 보며 억지로 마셔야 했다.

군 생활에 적응하지 못했었다. 1년 차가 지나갈 때쯤, 친하게 지내던 선임이 술자리에서 진심으로 조언했다. 일도 중요하지만 함께 일하는 동료들과 잘 어울릴 줄 알아야 한다고. 그동안 의무적으로 참석했던 술자리와 달랐다. 인생 선배가 건네는 말이 술자리를 인간적인 따뜻함으로 채웠다. 고등학교를 졸업하고 바로 직업군인의 길을 걸었으니 또래 친구들이 없었다. 술을 함께 마시는 사람이라고는 동료들뿐이었다. 이후 나는 술자리에서 좀 더 솔직해졌다. 힘든 점이 있으면 털어놓기도 했다. 업무적인 일뿐 아니라 고민하는 삶의 문제를 나누다 보면 스트레스도 해소되었다. 술보다 술을 마시는 자리에서 공감하는 누군가가 있다는 게, 내 마음을 조금 이해해 주는 사람이 있다는 게 좋았다.

술을 즐기면서 다른 문제가 생겼다. 새벽 근무를 마치고 한두 잔이라도 마시지 않으면 잘 수 없는 지경까지 이르렀다. 눈은 졸리고 몸은 피곤한데 잠이 들지 않을 때면 술을 찾았다. 자야 한다는 심리적인 부담감 때문이었다. 맥주 한 캔을 마시면 깨지 않고 푹 잘 수 있었기에 잠이 오지 않는 날엔 술이 곧 수면제가 되었다.

어릴 적 '절대 술 마시지 않을 거야'라던 다짐이 무색했다. 술에 취해 제대로 걷지 못해 철퍼덕 주저앉은 날도 있었고, 지각했던 날도 있었다. 술 먹고 시비가 붙거나 물건을 깨부수지만 않았을 뿐, 아파트 계단에서 잠들어 있었던 적도 있었다. 이런 음주 이력에도 최근까지 나는 술을 즐겼다. 변한 것이 있다면, 사람들과 마셨던 술이 혼술로 바뀌었다. 회식이나 특별한 날에만 마시던 술을 습관처럼 매일 마시게 되었다.

한두 잔. 많이도 아니고 딱 그만큼이 좋았다. 좋은 일, 슬픈 일과 함께했던 술은 내 마음을 달래주는 위로였고 하루의 피로를 풀어주는 피로 해소제 같았다. 하지만 어느 순간부터 식구들 인상이 변했다. 가족들이 그만 마시라고 말렸지만, 멈출 수가 없었다. 저녁 식사 시엔 술이 빠지지 않았다. 갈수록 살이 찌고, 잇몸이 아팠다. 몸에 통증이 느껴질 때면 술 때문이 아닌가 걱정하면서도 멈출 수 없었다. 아침이면 금주를 결심했다가 저녁만 되면 무너졌다.

지난 9월, 『인생은 습관이 전부다』를 출간했다. 변화가 필요하다는 생각이 들어 일주일에 두 번 금주한다는 이야기를 썼다. 내가 쓴 글처럼 살아야 할 것 같았다. 매일 마시는 습관을 개선하고 있으니 이만하면 괜찮다고 생각했다. 문제는 책을 계약하는 날 터졌다. 대구에서 함께 책을 쓴 열 명의 작가와 출간 계약을 마친 후 가진 뒤풀이 자리가 화근이었다. 평소 집에서 혼자 마실 때도 소주 두 병은 거뜬했다. 오랜만에 다른 사람들과 함께했던 자리가 즐거워서였을까. 무더운 날씨와 들뜬 마음 탓이었을까. 술이 과했다. 다음 날, 눈을 뜨니 밀려드는 숙취와 함께 익숙한 풍경에 안도감도 잠시. 어떻게 집에 왔는지 생각이 나지 않았다. 함께 있었던 작가에게 전화를 걸어 사과했다. 전날 저지른 나의 만행을 듣고 나니 부끄럽고 무서워졌다. 카톡으로 기억에 없는 내 모습이 찍힌 사진이 한 장 날아왔다. 시계를 돌릴 수만 있다면 어제로 다시 돌아가서 함께 자리했던 사람들의 기억을 지우고 싶었다.

일주일 넘게 괴로운 시간을 보냈다. 사람들에게 미안한 마음, 나 자신에게 부끄러운 마음이 컸다. 과음 탓에 며칠은 술을 쳐다만 봐도 속이 울렁거렸다. 그러나 시간이 지나니 또 술 생각이 났다. 술이 원망스러웠다. 이러다 술 때문에 인생 망치겠다 싶어 블로그에 금주 선언을 했다. 만나는 사람마다 술 마시지 않겠다고 말했다. 부끄러운 이야기를 고백할 때마다 다른 사람들의 시선이 두려웠지만 눈 질끈 감았다. 누구도 강요하지 않았지만 그게 나만의 반성이자 참회라고 생각했다. 이미 일어난 일에 대해서 괴로워만 하다가 시간을 보내는 것이야말로 어리석은 일이리라. 잘못을 인정하고 반성한 뒤, 앞으로 노력하면 된다고 생각했다. 삶으로 증명해 내고야 말겠다고 다짐했다.

수습할 수 없을 만큼 사고를 내고 나서야 깨닫는다. 반드시 멈추어야만 하는 일도 있다고. 두 달째 금주 중이다. 가끔 술을 마시고 싶다는 생각이 들 때면 금주 일기를 쓴다. 기록하니 보인다. 멈추고 나서 내게 어떤 변화가 생겼는지. 미묘한 신체 변화가 있다. 살이 많이 빠지진 않았지만, 꼭 끼던 티셔츠가 조금 헐렁해졌다. 무엇보다도 그동안 내 의지로 할 수 없다고 생각했던 금주 습관이 이번에야말로 자리 잡아가고 있다. 가족들 얼굴에도 근심이 줄었다.

그동안 몇 번의 술자리가 있었다. 왜 술을 마시지 않냐며 의아해하는 사람들에게 솔직히 말했다. 어떤 날은 마시지 못한 채 놓여 있는 맥주병을 보고 아쉬운 마음도 든다. 그러나 마음먹은 만큼 행동하는 나에 대한 기특한 마음이 더 크다. 그날을 떠올리면 여전히 부끄럽다. 그렇지만 지금에라도 멈추게 된 것이 어쩌면 다행은 아닐까.

당신에게 멈추는 시간을 선물합니다

멈춤은 변화의 전환점이 된다

장미연

　　암 환자 되고 나서, '대한민국 3명 중 1명은 암 환자'라는 말이 실감 났다. 아산병원 종양내과에 가면 진료실 앞에 앉을 자리가 없다. 서 있을 공간마저 부족해 복도 로비로 나가야 한다. 전광판을 보며 내 이름이 깜박이기를 기다린다. 진료 시간이 지연되는 날도 잦다. 30분은 기본이다. 검사 결과 확인하고 진료실에 머무는 시간 5분 남짓이다. 다행이다. 대기 시간 짧고 진료 시간 긴 것보다 낫다.

　현대의학적 치료 효과 기대하지 말라는 담당 교수 조언대로 추적 검사만 하기로 했다. 병원 치료 안 받아도 일은 쉬는 게 좋겠다는 가족들 권유로 학교에 휴직 의사를 전했다.

　"부장님, 힘들다는 항암, 방사 치료도 안 하는데 병 휴직까지 할 필요가 있어요?"라는 직장 상사 물음에, 사직까지 생각하고 있다고 일축했다. 수술 전 면역력이 많이 떨어진 상태였다. 수술 후 회복도 더디었다. 암 진단으로 인해 마음이 힘들었다. 승진,

돈 모두 소용없다 느껴졌다.

　재발이나 전이 없는 5년, 중중 종료 안내 우편물 받는 날. 그 날이 삶의 목표가 되었다. 그때까지 다 내려놓겠다고 다짐했다. 쉬면서 몸 회복하는 데에만 집중하겠다 결심했다.

　암 걱정 없이 살고 싶었다. 병원 도움을 받을 수 없다면, 내 몸 내가 돌보기로 했다. 여러 방법 알아보던 중, 자연치유 개념을 접했다. 처음엔 자연치유라고 하니, 텔레비전 프로그램인 〈나는 자연인이다〉가 떠올랐다. 손쓸 수 없을 정도로 상태가 좋지 않던 사람이 자연과 더불어 살며 몇 년째 건강하게 살고 있다는 기적같은 사연이었다. 먹거리도 직접 기르거나 캐서 먹는다고 했다. 복잡한 도시 생활과 담쌓은 날 것 그대로 생활 방식이었다. 도시에서 태어나 한 번 떠난 적 없는 내가 할 수 있을까. 고민하던 중, 관련 강의 들으러 갈 기회가 생겼다.

　강사는 말기 암 진단을 받고 10년째 건강하게 사는 40대 남성이었다. 상상했던 자연치유 개념과 다르게 산속에 들어가지 않아도 된다고 말했다. 몸의 치유력 길러 건강성 회복한다면 걱정 없이 살 수 있다는 말에 솔깃했다. 할 만하다 싶었다. 1, 2, 3차 강의와 심화, 식이 강의까지 총 5회 강의에 주말마다 참석했다. 당산 SK VIEW 10층 건물에서 오전 10시 30분부터 저녁 7시까지 수업을 들었다. 도시락을 챙겨 주말 아침이면 집을 나섰다. 구리에서 당산까지 강의비만큼 택시비가 나왔다. 필기한 내용 꼼꼼히 정리하고 집에 와 책을 보며 다시 확인했다. 강의 듣고 온 날은 치유에 대한 확신에 찼다. 며칠 지나면 과연 이렇게 해서 암이 나을까 의심스러웠다. 하지만 계속 강의를 들을수록 치유에 대한 희망이 점차 늘어났다. 1년간 반복해서 듣겠다고 다짐했다.

반복 수강 6개월째, 그날도 시작 30분 전 도착해 매번 앉곤 했던 뒷줄 구석에 자리 잡았다. 공책, 필기도구 꺼내서 준비하는데 강사가 다가왔다.

"시크 정민님. 계속 오실 거죠? 강의비 내지 말고 그냥 와서 들으세요. 스태프한테 일러뒀어요."

그날 이후부터 무료 수강생이 되었다. 5년 된 지금도 프리패스다.

교육과 학습을 반복할수록 강박과 초조함이 줄어들었다. 빨리 낫고 싶은 욕심에 시간 단위로 빼곡하게 작성해 둔 계획표를 치웠다. 위시리스트를 작성했다. 여러 방법 중, 우선순위를 정했다. 내가 하고 싶은 것, 스트레스받지 않고 할 수 있는 것부터 실천했다. 눈 떠서 잠들기 직전까지, 강박적으로 보내던 루틴에서 과감히 벗어났다. 익숙해질 때까지 무리하지 않았다. 다 못해도 괜찮다고 충분하다 스스로 다독거렸다. 미친 듯 앞만 보며 걸었던 공원 벤치에 앉아 멍하니 호수를 바라보는 날도 있었다. 두 남매 즐겨 보는 예능 프로그램 함께 시청하며 따라 웃었다. 평소 못마땅하게 여기던 엄마가 같이 보며 웃자, 두 남매는 덩달아 더 크게 웃었다. 명상하다 졸리면 그대로 자기도 하고, 잡생각 들면 드는 대로 편하게 그냥 했다. 『치유』, 『마음 챙김』, 『상처받지 않는 영혼』, 『무소유』 같은 책들이 책상 한편에 쌓였다. 아침에 일어나 자기 긍정 확언 쓰고 자기 전에 그날 감사한 일, 칭찬할 일 적었다. 참기름 짜듯 억지로 쥐어짜는 날도 있었지만, 일상에 감사가 늘었다. 자고 일어나 두 발로 땅을 짚고 일어날 수 있음에, 두 눈으로 세상을 보고, 말하고 먹을 수 있음에 감사하게 되었다. 편안히 누울 수 있는 침대, 밥숟가락 놓아 준 딸아이, 러닝 뒤집힌 상태로 그대로 개 두어도 군말 없이 입어주는 남편에게도 고마웠다.

　관계도 바뀌었다. 동창, 아이 친구 엄마, 가족 모임. 자연스럽게 뜸해졌다. 병을 치료한다는 말은 좋은 핑곗거리였다. 명절에 시댁과 친정을 오가며 음식 만들고 먹고 치우지 않아도 되었다. 카페에 앉아 학원, 부동산, 드라마 얘기 끝도 없는 돌림노래에 맞장구칠 필요도 없어졌다. 동료 선생님들과 한 교실 모여, 결국 삼천포로 흘러가는 티타임도 사라졌다. 대신 새로운 인연을 맺었다. 암 환우들과 소통했다. 도움 되는 책이나 정보를 나누었다. 관심사가 같다 보니 금방 친해졌다.

　용기 내어 오프라인 모임을 만들었다. 처음엔 10명으로 시작한 모임이 현재는 30명 정도 모인다. 전에는 나만 힘든 것 같고 제일 불행하다고 생각했다. 모임을 시작하고 달라졌다. 병은 남녀노소 가리지 않는다. 경중도 천차만별이다. 모임엔 자녀가 아파서 참석하는 이, 부모가 아파서 오는 이도 있다, 사정도 다 다르다. 경제적 어려움으로 치료와 요양 필요한 상황이어도 일을 쉴 수 없는 경우가 허다하다. 가족과 불화로, 온전한 치유 생활 힘들다 하소연하는 이도 있다. 하는 일, 나이, 성별 다 다르지만, 병이 매개가 된다. 누구에게도 선뜻 전하지 못하는 이야기를 나누며 공감한다. 이 모임에서는 '암'조차 농담거리가 된다. 본인 암 사이즈가 더 크다며 서로 경쟁한다. 자꾸 입에 올리다 보면 암(巖, 바위) 같던 암(癌, 종양)도 가벼워진다. 다음에 더 건강해져서 만나자는 파이팅과 웃음으로 모임은 마무리된다. 모임 열어 줘서 고맙다 거듭 인사받고 기(氣)도 받고 온다. 그런 날은 감사함을 한 줄 추가한다.

대학 입시, 고시, 졸업논문, 자격증 시험, 토익, 토플. 사람들이 중요하게 생각하는 공부다. 성공적인 인생을 위한 필수 코스 같다. 나도 그런 줄 알았다. 누가 가르쳐 주지도 않았고 배워본 적도 없었다. 아프고 나서 깨달았다. 몸과 마음을 돌보는 소중한 공부도 필요하다는 것을. 평생 접할 일 없었던 공부를 통해서 그동안 깨닫지 못했던 삶을 돌아봤다. 이제라도 나를 챙기는 시간과 기회를 누릴 수 있다는 게 감사했다. 그 과정에서 나에게 힘을 주는 소중한 관계도 맺었다. 나와 내 가족 아픔 말고 타인의 고통과 슬픔도 돌아보게 되었다.

불평 대신 감사를, 조바심 대신 여유를, 속도보다는 방향을 생각한다. 없는 것을 갈망하지 않고 주어진 것에 집중한다. 새로운 배움을 계기로 나는 이전과는 다른 시각으로 세상을 바라본다.

3-8.
행복을 선물했다

장춘선

창동사거리 꽃집 앞에서 사진을 찍었다. 환하게 웃고 있는 모습이 보기 좋았다. 사진에 '토요일은 온전한 나로 살고 싶다'라는 글을 입혔다. 오랫동안 핸드폰 배경 화면으로 사용했다. 토요일 아침, 남편과 두 아들을 깨워 아침밥을 먹이고 집을 나선다. 창동예술촌에서 그림 수업을 받기 위해서다. 캔버스에 알록달록 색을 채워가는 재미가 있다. 점심을 먹고 길거리 플리마켓을 기웃거렸다. 핸드메이드 액세서리, 뜨개질 가방, 향수, 공예품 등 구경거리가 다양하다. 3시쯤 되니 마음이 조급해진다. 더 놀고 싶은 욕구와 집에 가서 저녁을 챙겨야 한다는 마음이 부딪힌다 주중에는 직장인, 주말에 주부가 되어야 하다. 토요일 하루는 자유로운 나로 살고 싶었다. 이제 제법 화가 태가 난다. 붓을 들고 캔버스에 그림 그리는 사진으로 핸드폰 배경 화면을 바꿨다. 출퇴근길 자연을 살핀다. 노란 은행잎을 보면 노란색 물감이 연상된다. 주황색으로 물들어 가는 산을 보면 어

당신에게 멈추는 시간을 선물합니다

떤 색으로 표현해야 할지 색을 조합해 본다. 자연에서 많은 색을 찾을수록 행복했다.

큰언니가 울먹이며 전화했다. 뭐든지 하게 해달라고 한다. 시작은 생각만큼 선뜻 행동으로 옮겨지지 않는다. 누군가 해 볼래? 라고 말해 준다면 마음먹기 쉽다. 뭐든 해 본 사람은 그게 별것 아니라고 느껴질 수 있지만 처음 시작하는 사람에게는 두렵다. 무엇을 시작할까, 어떤 방법이 있나, 나설 용기가 나지 않는다. 바쁘게 살아온 언니. 한때 힘들게 일하면서 틈틈이 십자수와 지점토를 배웠었다. 두 아들은 결혼했고 바쁜 시기도 다 넘겼다. 혼자 남겨진 외로움을 달랠 거리가 필요한 것 같았다. 나처럼 그림을 그리면 어떨까. 지금 느끼는 행복을 나누고 싶었다. 36색 수채화 크레파스와 밑그림이 그려진 스케치북을 건넸다. 내가 그림을 시작하면서 사용한 것이다. 보라색 데이지꽃과 녹색잎 몇 장이 그려져 있다. 밑그림을 따라 색칠만 하면 됐다. 초보자가 쉽게 할 수 있도록 크레파스 색깔 번호도 쓰여 있다. 빈 칸에 색으로 채워지는 느낌이 좋다. 언니에게 방법을 가르쳐 주고 그려 보도록 했다. 며칠 조용하더니 예쁘게 색칠된 그림을 카톡으로 보내왔다.

창동예술촌에서 주말 이벤트로 에코백에 그림 그리기 수업에 참여했다. 강사가 예쁜 꽃 그림 몇 가지를 샘플로 가져왔다. 나는 수국을 선택했다. 짙은 보라색과 연한 보라색을 만들었다. 중앙에 있는 꽃과 주변에 있는 꽃을 둥글게 입체감 나도록 표현하고 싶었다. 꽃잎은 검은색, 파란색, 노란색 섞으며 햇빛에 가려진 곳은 어둡게 명암을 만들었다. 옷감에 칠해지는 느낌이 거칠었다. 매끈한 느낌과는 다른 색다른 맛에 스트레스가 해소되었다. 들쑥날쑥 색이 가장자리 밖으로 튀어나오게 색칠했지만, 개성 있어 보였다. 소품으로 들고 다닐 수 있어 만족감이 컸다. 두 시간 애쓰고 청보라색 수국이 그려진 에코백을 완성했다. 에코백을 들고 창동 거리를 활보했다. 꽃이 그려진 부위를 드러내며 걸었다. 이걸 큰언니가 하면 되겠구나. 화방에서 붓과 물감을 사고 부림시장 골목에서 광목천을 떴다. 원하는 만큼 잘라 그림을 그리고 활용하면 좋을 듯했다. 언니에게 물감 사용법을 가르쳐 줬다.

직장 일이 바빠 잊고 지냈다. 언니는 코스모스 하늘거리는 그림이며 소녀가 꽃바구니 들고 있는 그림을 그려 나에게 선물했다. 밤낮으로 그렸단다. 불면증을 해결했고 답답한 시간을 그림으로 채웠단다. 그림처럼 언니 마음도 예쁜 꽃이 되어 있었다. 광목천에 온갖 들꽃을 그려 주방 창문 가리개로 사용했다. 거실 장식장 덮개며 구석진 틈마다 그림으로 장식했다. 동네 산책하며 길가에 핀 풀꽃을 사진 찍어 그림 소재로 사용했단다. 나는 그냥 권했을 뿐인데. 언니에게는 삶의 의미가 되어 있었다. 그 후로 마산대학교 평생교육원에서 그림을 배웠고 천 아트 지도사 2급을 땄다. 나에게 그림이 직장 스트레스 탈출구라면, 언니에게는 갱년기 주부 탈출구였다.

둘째 언니에게 캘리그라피를 권했다. 어릴 때부터 글을 또박또박 잘 썼기 때문이다. 나는 그림과 함께 캘리그라피를 배웠다. 시작한 지 두 달 만에 '제33회 성산미술대전'에 입선한 경험이 있다. 성과물을 만들어 낸다는 게 행복했고 즐거웠다. 그 기분을 느끼게 해 주고 싶었다. 붓과 화선지, 먹을 샀다. 캘리그라피 교재는 내가 사용한 것으로 준비했다. 토요일 그림 수업을 마치고 북면 언니 집으로 갔다. 교재를 보며 연습하도록 시범을 보여주었다. 뭔가에 집중할 수 있는 자기만의 시간을 만들면 좋겠다고 생각했다. 어느 날 언니 집에 들렀다. 햇볕 잘 드는 거실에 캘리그라피 도구가 차려져 있었다. 화선지 뭉치를 펴서 자랑했다. 가로선 세로선부터 연습하고 글자를 한자씩 따라 써냈다. 제대로 배우기 위해 주민자치센터에 등록했단다. 나는 캘리그라피를 그만뒀지만, 언니는 계속해서 실력을 쌓았다. 좋은 글에 삽화 그림을 넣고 싶어 했다. 간단하게 사용할 수 있는 고체 수채물감과 물을 채울 수 있는 붓펜을 선물했다. 물감 농도를 조절하며 화선지에 그림을 넣게 했다. 생일 카드도 만들고 거실 TV 앞에 '꿈은 이루어진다.' 액자를 만들어 세워두었다. 누구나 할 수 있는 능력이 있다. 단지 꺼낼 기회가 없을 뿐이다. 대부분 예술은 탁월한 재주가 있어야 한다고 여긴다. 예술은 즐기는 사람 것이다. 감정이 닿는 대로 느끼면 된다. 해 보지 않았을 뿐. 첫 경험을 하게 한다면 행복한 삶으로 연결될 수 있다.

셋째 언니는 카카오스토리나 SNS에 긴 글을 잘 올린다. 가족 이야기 올라올 때는 가슴이 뭉클하다. 나는 2021년 6월부터 글쓰기 수업을 들으며 공저 3권을 냈다. 소소한 일상에 의미를 부여할수록 행복했다. 보고, 듣고, 느끼는 대로 표현하고자 시간과 노력을 들일수록 재미났다. 언니가 글을 쓰면 좋겠다는 생각으로 글쓰기 무료 특강을 듣게 했다.

최근 현충원에 아버지를 모시기 위해 탄원서를 낸 적 있다. 작가인 내가 글을 적어야 하지 않을까 부담됐다. '6·25 참전용사, 무공훈장'을 받았던 아버지 공적을 늦게 알았고 유해라도 모시고 싶었다. 나는 초등학교 1학년 때 돌아가신 아버지를 기억하지 못한다. 그래서 어영부영 시간을 끌었다. 언니가 탄원서를 썼다. 당당하고 멋진 아버지를 만났다. 내가 오랜 직장생활을 해낼 수 있었던 강인함이 아버지 유전자였음을 알게 했다. 언니 글에는 논리적인 주장이 있었고 마음을 움직이는 공감이 있었다. 개인 사정으로 글쓰기 정규과정을 지속하지 못했지만, 언젠가 행복한 작가가 되기를 희망한다.

어떤 선물을 받을 때 제일 행복한가? 나는 '같이 가자, 같이 해 볼래?' 경험을 나누어 줄 때다. 시작하기 힘든 사람에게 경험을 나눈다는 것은 행복한 삶을 주는 일이다. 멈출 수 있는 시간은 누구에게나 필요하다. 직장인에게만 풀어야 할 스트레스가 있는 게 아니다. 전업주부에게는 채워지지 않는 빈자리가 있다. 나이가 들수록 조금 다른 나를 만나고 싶다. 간절히 원하는 일이 있다면 '함께'의 힘을 빌려 보길 바란다. 지치지 않고 큰 인생 목표를 향해 갈 수 있으리라.

3-9.
사춘기 vs 갱년기, 전쟁과 종전

정은정

중학교 3학년 큰아이가 사춘기에 접어들었다. 엄마가 시키는 대로 학원, 학습지, 독서 등 말만 하면 잘 따라오던 녀석이 어느 날 갑자기 파업을 선언했다. 녀석과 며칠을 싸웠다. 너만 사춘기냐, 나는 갱년기다. 네가 이기나 내가 이기나 끝까지 가 보자.

매일 저녁 7시, 아이와 함께 도서관에 갔다. 학원 수업 대신 도서관에서 교과서 읽기를 하겠다고 선언한 아이 덕분에 나도 중학교 교과서를 준비했다. 내가 도서관에 가야 아이도 도서관에 갔고 내가 책을 봐야 아이도 책을 들여다봤기 때문이다. 자기주도학습이 어느 집 얘기인지 모르겠지만 적어도 우리 집은 엄마 주도학습임이 틀림없었다. 교과서를 읽고 문단을 나누고 중심 문장에 중심 단어 찾기까지. 가장 쉬운 문제집을 골라 인터넷 강의도 들었다. 아이가 공부할 때 함께 공부했다. '이 나이에 중학교 3학년 교과 공부까지 해야 한다니. 시험을 쳐도 내가 너보다 더 잘 치겠다.' 아이를 위해 도서관에 갔지만 저녁 식사와 집안일을 마친 후라 지치고 피곤했다. 공부에 흥미가 있는 아이라면 여기까지 오지 않았을 거다. 흥미도 재능도 없는 아이라서 이렇게라도 억지로 끌고 왔다.

아이는 더 이상 도서관에 가지 않겠다며 파업을 선언했고, 나는 그러기만 해라며 선전포고했다. 자식 이기는 부모 없다는 옛말 틀린 것 하나 없다. 나 또한 한 달 만에 싸움에서 지고야 말았다. 입을 다물고 눈도 마주치지 않고 내가 해 주는 밥에는 손도 대지 않는 아이를 대하는 게 힘들었다. 이렇게 멀어지다가는 돌이킬 수 없을 것 같았다. 내 속은 타들어 가는데 아이는 나날이 편안해 보였다. 엄마의 잔소리 따위는 신경 쓰지 않아도 되는 하루하루가 좋아 보였다. 유리한 고지를 선점한 아이는 엄마와의 싸움을 피할 이유가 없었다. 아이는 나를 남 대하듯 했고 나는 점점 예민해졌다. 해결의 실마리가 보이기는커녕 상황이 점점 나빠지자, 남편이 중재에 나섰다. 우리는 그렇게 한 달 만에 휴전에 들어갔다.

내가 목표를 정하고 이루기 위해 노력했듯 아이도 목표를 향해 달리기 바랐다. 취업난이 심각하다는데 녀석은 걱정이 없다. 하고 싶은 것도 딱히 없는 것 같았다. 생각 없이 놀고먹으며 시간을 보내는 모습이 답답했다. 조용히 강의도 듣고 책도 보기 위해 팬트리를 공부방으로 바꿨는데 이곳이 녀석의 게임방이 되었다. 아이는 용돈을 모아 게임용 헤드셋을 사고 중고 물건을 팔아 그 돈으로 키보드를 샀다. 자판을 누르면 화려한 불이 번쩍번쩍

들어온다. 모두가 잠든 늦은 시간까지 게임하며 웃고 떠드는 모습이 마음에 들지 않는다.

멈춤의 효과를 알면서도 아이의 멈춤이 용납되지 않았다. 마침표를 찍기로 한 것인지 헷갈렸기 때문이다. 나는 미처 몰랐지만 아이는 나아가는 중이었다. 다양한 게임을 즐기던 아이는 얼마 전부터 게임 방송을 시작했다. 구독자는 500명이 넘었고 방송 스텝까지 있다고 했다. 저녁 8시부터 방송하는데 구독자들과 약속을 지키는 것이 중요하다고 한다. 아이는 나름대로 자기만의 영역을 만들고 확장 시키는 중이었다. 아이가 설명해 줘도 알아듣지 못하는 것들이 많았다. 원래 다정다감했던 아들이라 그런지 엄마의 언어로 바꿔 쉽게 설명하려고 애쓰는 게 고마웠다. 아들은 나보다 속이 깊은 것 같다. 부족한 엄마를 아무렇지 않게 보듬어 주니 말이다.

멈춤은 아이를 다시 보게 했다. 공부는 안 하고 매일 게임만 하는 골칫덩이 녀석이 아니라 그 존재만으로도 가슴이 터질 만큼 기쁨을 주던 귀하고 소중한 아들이었다. 아이가 70일쯤 됐을 때였다. 여느 날과 마찬가지로 아이를 재우기 위해 침대에 나란히 누웠다. 새벽부터 잠을 설쳐서 그런지 아이보다 내가 먼저 잠이 들었다. 얼마나 잤을까, 깜짝 놀라 깨보니 아이가 내 얼굴을 빤히 쳐다보고 있었다. 아이의 새까맣고 맑은 눈이 너무 예뻐 흠뻑 빠져들었다. 마치 연애를 시작했을 때처럼 심장이 사정없이 두근거렸다. 아이를 내 두 눈에 쏙 넣고 싶었다. 아이와 보내는 시간이 아까워 붙잡고 싶은 정도였다.

성적은 바닥이지만 선생님 평가는 항상 최고였다. 수업 시간에 참여를 잘한다. 질문하면 틀리든 맞든 대답을 잘해서 수업 진행에 도움이 된다. 체육 수업 전에는 아이들을 운동장으로 데려가 줄을 세우고 준비운동을 시킨다. 학급 내 코로나 환자가 많아지자, 말하지 않아도 교탁과 컴퓨터, 키보드, 손잡이를 소독 티슈로 닦고 시간에 맞춰 창문을 열어 환기를 시킨다. 친구들과 사이도 좋고 리더십도 있다. 남편과 함께 칭찬 일색인 생활기록부를 보며, 규칙도 잘 지키고 교우관계도 좋고 수업에 참여도 잘하는데 성적이 바닥인 게 신기하다고 이야기 나누었다. 이렇게 어디에서나 이쁨받는 사랑스러운 아인데 공부 좀 못 한다고 내칠 뻔하다니, 정말 어리석은 엄마다.

우리의 전쟁은 나의 멈춤으로 휴전이 아니라 종전이 되었다. 멈춤은 아이를 온전히 받아들이는 시간이었다. 있는 그대로의 모습을 존중하니 아이의 세계가 내게도 열렸다. 비록 그 세계에 완전히 들어가지는 못했지만, 아이가 만들고 있는 녀석만의 세상을 구경하고 나니 불안증이 사라졌다. 내 부모님이 HOT 음악을 듣던 나를 이해하지 못했듯, 나 또한 요즘 아이들 세계를 이해하지 못한다. 과학자나 선생님 대신 유튜버를 꿈꾸는 시대이다. 챗GPT로 글을 쓰고 메타버스라는 가상 세계에서 아바타를 대상으로 하는 범죄에 대비하는 시대에 살고 있다. 아이는 오늘을 살고 있는데 부모는 과거를 이야기하며 사춘기라고 둘러댄다.

나는 아이의 세계가 무너지지 않도록 든든한 받침대가 되기로 했다. 그런 내 마음이 전해졌을까. 아이는 엄마의 갱년기를 받아들이겠다고 한다. '엄마 아직 갱년기 아니야. 한참 남았어.'라고 말하려다 참았다. 갱년기를 핑계로 가끔 잔소리 정도는 해도 되겠지? 하면서 말이다.

아들의 사춘기는 현재진행형이다. 앞으로 몇 번의 고비가 남았는지 모르겠지만 두렵지 않다. 아이를 위해 언제든 멈출 준비가 되어 있기 때문이다. 멈춤은 마침이 아니다. 멈춤은 아이의 세상을 구경하는 시간이다. 아이가 만들어 가는 세상을 응원하며 나 또한 엄마로서 삶을 키워간다. 엄마의 멈춤으로 아들은 행복을 찾았고 아들의 행복은 곧 내 행복이 되었다. 잠시 멈추고 아들을 바라본다. 잘 먹고 잘 자고 잘 크고 있는 아들을 보면 오늘도 가슴이 뛴다.

3-10.
잠시 쉬어가도 괜찮아

조보라

　　8월의 뜨거운 여름, 남편은 햇빛에 바싹 말라 버린 풀처럼 힘이 없었다. 일을 그만두고 싶어 했다. 몇 번 그러다 말겠지 싶어 처음에는 그냥 흘려들었다. 여러 차례 이야기하는 걸 보니 진짜구나 싶었다. '그래, 그만둬! 까짓것 뭐 굶어 죽겠어?'라고 쿨하게 말하고 싶었지만 그 말이 입 밖으로 나오지 않았다.

　　첫째 육아휴직하고 이어 무급 휴직 때였다. 첫째 21개월, 둘째 임신을 기다리고 있었다. 남편이 일을 그만두게 된다면, 당장 우리 가족의 생계는 어떻게 하면 좋을까? 내가 복직하는 방법도 있었지만 내가 다니는 직장은 1월, 7월 정기 발령 시스템이라, 이미 그 시기도 지나 버린 상태였다. 빠르게 신청한다고 하더라도 다음 해 1월이나 가능했다. 아직 첫째를 어린이집에 보내지 않고 양육하던 시기였다. 복직한다면, 첫째 어린이집 입학부터 해야 했다. 울지 않고 등 하원도 하고, 낮잠 연습도 해야 한

　　　　　　당신에게 멈추는 시간을 선물합니다

다. 원에서 진행되는 일과에도 적응해야 한다.

또 하나의 문제는 집이었다. 그 당시, 남편 직장에서 제공하는 사택에 살고 있었다. 일을 그만두면 사택도 비워줘야 했다. 다음 일자리가 정해지지 않은 상황에서 집은 또 어디에 구해야 한다는 말인가. 고정지출과 식비, 생활비는 계속 나가야 하는 상황이라 경제적으로도 부담이 되었다. 월급 없이 어떻게 버텨야 하나 걱정되었다. 여러 가지 해결할 일에 앞길이 아득하게 느껴졌다.

남편이 일을 그만두고, 곧바로 새로운 일자리를 구하는 게 맞을까? 아니면 내가 바로 복직 신청하는 게 맞을까? 이참에 둘 다 함께 몇 달이라도 쉬는 게 나을까? 마음이 갈팡질팡했다.

한 달 가까이 우리 부부는 같이 고민하고 상의했다. 남편은 9월 말까지만 일하기로 했다. 우리는 함께 쉬면서 다음 방향을 정해보기로 했다. 잠시 쉬어가는 방법으로 제주 여행을 떠나기로 했다. 지친 남편에게 선물이 되길 바랐다.

현실적으로 제일 시급한 부분은 이사였다. 이사 갈 집이 없었다. 방법을 궁리하니 길이 보였다. 사용하던 대부분의 가구와 짐은 컨테이너에 보관할 수 있었다. 당장 사용할 짐과 옷은 별도로 빼서 친정 부모님 댁에 가져다 놓았다.

불확실한 상황 속에 불안해하기보다 이 시기를 즐기기로 했다. 우리 부부는 잠시 멈춤의 시간을 선물했다. 그동안 제주에 가도 최고 길어야 4박 5일 정도였다. 이번에는 조금 더 길게 제주에 머물기로 했다.

제주도에서 지낼 숙소를 구했다. 산방산 근처의 숙소였다. 집안 내부가 편백나무로 이루어져 있었고, 복층이었다. 1층에는 넓은 거실과 방 1개, 주방과 화장실, 2층에는 잠을 잘 수 있는 공간이 있었다. 에너지 넘치는 아들도 마음껏 뛰어놀 수 있는 넓은 공간이었다. 사진으로만 보고 예약을 한 것인데, 막상 가 보니 더 넓고 깨끗했다. 제주살이를 하는 사람을 위해 냉장고, 세탁기도 준비되어 있었다. 심지어 양념장과 소금, 참기름, 각종 냄비와 그릇까지 마련되어 있었다.

우리는 제주에서 머물 시간이 여유로워지니 시간에 쫓기듯 관광지를 찾아다니지 않았다. 보고 싶은 곳, 가고 싶은 곳을 미리 계획하지도 않았다. 여행 일정표 없이 나와 남편은 그날그날 내키는 곳에 갔다. 원래 여행할 때 계획 없이 돌아다니는 성향이 아니었다. 여행 한번 가기라도 하면 빈틈없이 일정을 짰다. 기왕 여행 간 김에 많은 곳을 보러 다녀야 만족스러웠다. 시간과 예산을 투입해서 최대의 효과를 내는 여행을 했었다. 이번 여행은 완전히 다른 경험이었다. 일정이 빡빡하지 않아, 느지막하게 일어나 여유롭게 하루를 시작했다. 하루에 한 곳이면 충분했다.

제주의 바다와 산, 바람이 좋다. 어느 날은 한라산 둘레길 코스 중 하나를 걸었다. 숙소 근처에 있는 산방산도 올랐다. 송악산의 바다가 보이는 둘레길도 걸었다. 바다와 산이 어우러진 곳을 가면 마음이 뻥 뚫렸다. 비가 오는 날은 숙소에서 빗소리 듣는 것만으로도 좋았다. 아무 일정이 없는 날도 있었다. 동네 길을 걷고, 동네 놀이터에서 아들과 놀았다.

여행과 일상이 조화를 이루었다. 하루씩 보낸 날들은 평범했지만, 여러 날 머문 제주 여행은 특별했다. 익숙하던 여행 방식을 깨뜨리고 여유로움을 선물 받았다. 이러한 시간은 내 마음과 남편의 마음에 숨을 불어넣어 주었다.

어느 날, 한라산 영실코스에 올랐다. 어른인 나도 숨을 헐떡이며 오르다 멈추기를 반복하는데, 두 돌이 안 된 아들은 씩씩하게 올라갔다. 지나가던 어른들은 조그마한 아이를 보며 어쩜 이렇게 잘 오르냐며 기특해했다.

영실코스는 한라산 다른 코스에 비해 완만하다는데, 등산 초보인 나는 숨이 차올랐다. 무한 계단의 연속이라, 숨을 고르기 위해 멈추게 된다. 멈출 때, 눈을 들어 바라본 한라산은 색색의 멋진 풍경을 펼쳐내고 있었다. 높던 하늘과 구름이 산자락에 걸려있다. 탁 트인 광활한 산세, 울긋불긋 나무와 바위. 잠시 멈춘 덕분에 한라산을 눈에 가득 담았다. 한라산 영실코스 마지막 지점에는 컵라면을 팔고 있었다. 산에서 불어오는 서늘한 바람 속에 뜨거운 국물과 면발은 시린 코와 손을 녹여주었다. 한라산에 오르고 나니 제주도에서 해야 할 일을 다 마친 것처럼 뿌듯했다.

다음 날, 몸살 기운이 느껴졌다. 등산으로 몸에 무리가 됐나 싶었다. 감기약을 먹으려다, 혹시나 하는 마음에 먼저 임신 테스트부터 했다. 잠시 후 나는 소리를 질렀다. 기다리던 둘째가 찾아온 것이다. 지난 6개월 동안 둘째를 기다렸다. 임신 검사할 때마다 한 줄이었다. 임신하였는지도 모르고 한라산 등반이라니! 그래도 한라산에서 엄마인 내가 행복했으니, 아이도 행복하지 않을까.

꿈만 같았던 24일간의 여행이었다. 어쩌면 무모해 보이고 대책 없는 행동처럼 보인다. 그러나 때로는 어리석어 보이는 행동이 새로운 경험과 기회를 주기도 한다. 우리 부부는 온전한 쉼을 맛보았다. 조급할 필요 없는 평온한 쉼 말이다. 잠시 쉬어가는 시간에 둘째도 선물 받았다. 남편도 여행 가기 전에 새로운 곳에 지원하고 면접을 봤었다. 제주에서 머무는 동안 합격 소식도 듣게 되었다.

계획대로 되지 않는 게 인생이다. 계획대로 되지 않을 때, 계획한 것보다 더 근사한 시간이 찾아오기도 한다. 때로는 엉뚱해 보이는 결정으로 새로운 경험을 하게 되는 것이다. 쉬어가는 시간을 통해 마음과 몸에 숨을 불어넣었다. 살아갈 힘을 얻었고 생명을 품을 힘을 얻었다. 예기치 못한 기쁨이 마음에 찾아왔다. 계획대로 되지 않는다고 조급할 필요 없다. 잠시 쉬어가도 괜찮다.

당신에게 멈추는 시간을 선물합니다

4장

당신에게

멈추는 시간을 선물합니다

4-1.
비워야 채운다

글빛현주

[커피나비] 은은하게 퍼지는 커피 향처럼 독서를 통해 배운 것을 다른 사람에게 나눠준다는 의미다. 나로부터 비롯된 변화 [독서포럼 나비]에서 충남지역, 천안으로 활동하고 있다. 누구에게나 배울 점이 있다는 의미로 선배라는 호칭을 사용한다. 독서 모임이라고 책만 읽는 것은 아니다. 몇 년 전에는 경주와 안동으로 1박 2일 독서 여행도 다녀왔다. 영화와 책을 함께 감상하기도 했고, 사용하지 않는 물건을 서로 바꿔 쓰고 나눠 쓰는 행사도 진행했다.

지난 10월엔 '책과 함께하는 독립기념관 산책'을 했다. 300회 넘게 진행한 독서 모임은 토요일을 책임지는 '쉼표'다.

2016년 6월. 책을 읽어보겠다는 결심으로 모임을 시작했다. 가끔 사람들과 대화를 나누다 보면 책을 읽는 사람은 뭔가 달랐다. 생각의 깊이와 넓이라고 표현해야 할까. 꾸준히 독서하는 사람들이 대단해 보였다. '나도 책을 읽으면 조금 더 나아지려나.' 은근히 기대했다. 사십이 넘어서 읽기 시작한 책. 그저 읽기만 해도 스스로 칭찬했다. 모르는 게 천지라 아이처럼 넙죽넙죽 받아들였다. 신기하고 재미있었다. 좋은 말로는 열린 마음이었고, 다르게 본다면 내 생각과 의견이 없었다. 하지만 새로운 것을 알아간다는 것 자체가 즐거웠다. 책은 봄에는 꽃을, 여름엔 시원한 바다를 선물했다, 가을엔 풍성함을, 겨울엔 첫눈이었다. 독서하지 않았다면 느낄 수 없는 감정이다. 일주일에 한 권, 목표는 무조건 완독이었다. 독서 모임에서 이야기를 하다 보니 서로의 생각과 가치관이 다르다는 것을 알게 됐다. 다양한 삶을 간접 경험할 수 있었다. 매주 배우고 깨닫는 점이 있다. 책 읽는 기쁨을 지인들과 나누고 싶었다. 만나는 사람마다 책 읽자고, 모임에 나오라고 말했다. 하지만 다들 관심은 있지만 선뜻 시작하지 못했다. 안 읽어도 된다, 한 장만 읽어도 괜찮다 해도 어려워했다. 나도 그랬으니 그 마음, 이해됐다.

독서 모임 초기에 「청소력」이란 책을 읽었다. 주변을 정리하고 깨끗하게 치우는 청소를 함으로써 인생의 변화를 불러온다는 내용이다. '아니, 청소로 무슨 인생 변화까지…. 과장이 너무 심한 거 아니야?'라고 생각했다. 믿지 않았다. 사람마다 다를 수는 있겠지만 매일 하는 청소가 다 거기서 거기라고 생각했다, 그런데 얼마 전 즐겨보는 유튜브 채널 '하와이 대저택'에서 청소력에 대한 이야기를 하는 거다. 몸이 앞으로 기울었다. 우리가 늘 하는 청소가 복잡하고 골치 아픈 문제와 고민을 날려버리는 힘이 된다는 것이다. '그렇지 않아도 요즘 머리가 복잡한데, 이번 기

당신에게 멈추는 시간을 선물합니다

회에 나도 대청소 좀 해 볼까' 고민을 날려버리지 못한다고 해도 청소를 하면 집안이 깨끗해지니 손해 볼 일은 전혀 없었다.

집에 도착해 편한 고무줄 바지로 갈아입었다. 마음 같아선 한 번에 싹 다 치워버리고 싶었다. 괜한 욕심을 부려 지쳐 나가떨어질까 봐 한 번에 한 곳만 깨끗하게 정리하기로 했다. 오늘은 여기다. 내가 가장 많은 시간을 보내는 방을 시작으로 주방, 거실, 화장실, 베란다를 차례로 청소하기로 했다. 창문을 활짝 열어 환기를 시켰다. 우선 책상 위 펼쳐져 있는 노트를 정리했다. 모니터와 키보드, 스탠드에 있는 먼지도 차례로 털어냈다. 방안에 하얀 먼지가 밀가루처럼 둥실 떠다녔다. 한 귀퉁이에 쌓여 있는 책도 보였다. '읽지도 않으면서 뭘 이렇게 쌓아놨냐.' 하나하나 정리해 책꽂이에 꽂았다. 정리하면서 메모도 읽어보고 스티커 붙인 곳도 펼쳐봤다. 사방에 굴러다니는 펜도 싹 치웠다. 책상 아래 아무렇게나 쌓여 있던 서류도 흰머리 뽑듯 필요 없는 것은 쏙쏙 골라냈다. 정리된 책상과 의자를 꼼꼼히 닦았다. 종일 걸릴 거라 생각했는데, 생각보다 쉽게 정리가 되었다. 한 시간쯤 지나자 허리가 아팠다. 톡톡 두드리며 등을 쭉 폈다. 아까워서 버리지 못했던 것, 언젠가는 쓸 데가 있을 거라고 모아두었던 잡동사니들, 과감히 치웠다. 깔끔해진 책상을 보니 속이 다 후련했다.

이왕에 비우는 것, 옷장과 서랍장도 정리했다. 코로나에 걸렸을 때 갑자기 찐 살. 반드시 빼겠다는 의지와는 상관없이 점점 더 불어났다. 고무줄 바지, 넉넉한 티셔츠. 편한 옷만 입었다. 어떻게든 입어 보겠다고 바리바리 쌓아 놓고 버리지 못했던 옷들 하나, 둘 꺼냈다. 줄줄이 비엔나소시지처럼 계속 나왔다. 찾다가 결국 포기했던 옷도 보였다. 배 터질 듯 가득했던 서랍과 옷장이 반쯤은 휑하게 비었다. 깨끗한 옷은 반듯하게 접어 차곡차곡 쇼 핑백에 넣었다. '아름다운 가게'에 기부해야지.

'아름다운 가게'는 기부도 할 수 있고 기부를 통해 모인 다양한 상품들을 판매하기도 한다. 그만큼 이것저것 구경할 거리도 가득하다. 좋은 상품도 많은데 가격도 저렴하다. 판매 수익금은 지역사회에 환원하여 소외계층을 돕는 데 사용한다고 했다. 가전제품에서 양말까지, 필요한 물건이 있으면 마트에 가기 전에 우선 들러 확인했다. 운이 좋으면 꼭 필요한, 딱 맞는 상품을 구매할 수 있었다. 살 때문에 못 입는다고 생각했을 땐 기분이 나빴는데, 기부한다고 생각하니 즐거웠다. 비워낸 만큼 발걸음도 가벼웠다.

전에는 종일 일하고 들어와 어질러진 집을 보면 화가 났다. 어지르는 사람 따로 있고, 치우는 사람 따로 있나⋯. 청소하면서 쉼 없이 투덜댔다. 깨끗하게 정리된 집을 봐도 즐겁지 않았다. 금방 어질러질 것 뭣 하러 치우나. 청소하는 시간은 구시렁거리는 시간이었다.

하지만 이번엔 시작하는 마음이 달랐다. 복잡한 머리를 싹 비우겠다, 모두 비워진다는 생각으로 청소했다. 정말 정리될까⋯. 은근히 기대했다. 이마를 손으로 훔쳤다, 허리를 펴고 방을 둘러봤다. 어느 정도 정리가 된 방을 보자 개운했다. 복잡한 일도 작게 나누어 하나하나 정리하면 되겠구나 싶었다.

다음 날은 주방은, 그다음은 거실, 그리고 화장실, 베란다⋯. 집 안 청소를 마치고 나자 몸살이 올 듯 온몸이 쑤셨다. 그래도

당신에게 멈추는 시간을 선물합니다

마음먹고 온 집 안 청소하길 잘했다는 생각이 들었다. 열흘을 넘게 청소하면서 태도도 조금씩 달라졌다. 일하다가 문제가 생기면 스스로 화가 났다. 그런데 다른 각도에서 바라본다면 문제가 생긴다는 건 내가 무언가를 하려고 시도했기 때문에 발생하는 것 아닌가. 아무것도 하지 않으면 아무 일도 일어나지 않는다는 말처럼, 내게 생긴 문제는 내가 지금 노력하고 있다는 증거도 되는 것이었다. 생각이 여기에 미치자 괜히 뿌듯했다. 청소도 귀찮아할 일이 아니라 가족을 위하는 일이라고 생각하니 마음이 편했다. 이 상태가 며칠이나 갈 수 있을지 모르겠지만 지금 만족하면 됐다고, 기분 좋게 웃었다. 미루지 말고 그때그때 치우자고 마음먹었다. 청소가 생각을 정리할 수 있도록 도와준다는 말 맞았다. 정리된 책상처럼 비워진 옷장처럼 비워내고 덜어내니 복잡했던 일도 해결할 수 있을 것 같았다.

책상에 앉아 컴퓨터 전원을 켰다. 한글 파일을 열어 놓고 가만히 바라봤다. 청소와 기부, 독서 모임에 대해 생각했다. 복잡한 머릿속을 정리해 주는 청소가 '비움'이라면, 기부와 독서 모임은 '채움'이었다. 마음이 어지럽고 속이 시끄러울 땐 어떤 좋은 말도 받아들이기 힘들었다. 그런데 필요 없는 물건을 싹 정리하고 비워내는 청소를 하는 것만으로 머리가 한층 맑아졌다. '비워야 채울 수 있다.'라는 말이 가까이 다가왔다. 불필요한 생각, 부정적인 말을 하지 않으려고 노력했다. 긍정적인 생각과 좋은 말들을 채울 수 있었다. 비움과 채움. 일상을 비우고 깨끗이 정리하는 것. 그 시간이 나에게는 또 다른 멈춤이었다. 채우고 싶은 만큼 비워야겠다고 생각했다.

4-2.
천국의 열쇠

김윤정

　　몇 년 전부터 책을 구입하기 위해 헌책방이나 중고 서점으로 간다. 내가 사고 싶은 책을 얼마든지 살 수 있는 일반서점과는 다르게, 중고 서점에는 원하는 것이 있어도 책이 없으면 살 수가 없다. 사람이 책을 선택하는 것이 아니라, 책이 사람을 선택하는 것처럼 느껴진다. 내 앞에 어떤 책이 나타날지 갈 때마다 흥미롭다. 예측할 수 없는 영화 스토리가 끌리는 것처럼, 무슨 책이 등장할지 예상할 수 없는 중고 서점은 나를 계속 그곳으로 향하게 만든다.

　　요슘램프가 그려진 중고 서점에 들어갔다. 책이 탑처럼 쌓여 발 디딜 틈도 없는 헌책방은 보물찾기하듯 뒤지는 재미가 있다면, 이곳은 책들이 가지런하게 꽂혀 있어 또 다른 매력을 풍긴다. 제일 먼저 수필집이 있는 곳으로 걸어갔다. 사람들 눈, 코, 입이 다 똑같지 않듯이 같은 사물이라도 작가의 시선에 따라 글이 다르게 표현되는 수필이 요즘 부쩍 매력적으로 느껴진다. 손가락으로 책등을 버튼처럼 꾹꾹 누르며 책장을 천천히 지나갔다.

종교, 철학책이 있는 곳에 다다랐을 때였다. 나는 『천국의 열쇠』라고 적힌 책 앞에서 움직일 수 없었다. 크로닌이라는 작가 이름도 낯설지 않다. 수면 아래 깊숙이 잠겨 있던 기억 속 한 장면이 떠올랐다. 나는 이 책을 아버지에게 처음이자 마지막으로 선물 받았었다. 글자가 작고 빽빽하게 쓰여 있어 책장 구석에 쳐박아두기만 했었다. 잦은 이사 탓에 짐을 이리저리 정리하다 보니 나는 현재 이 책을 가지고 있지 않다. 그랬던 것이 서점 제일 높은 곳에 꽂혀 있었다.

아버지, 나에게는 가슴 아픈 단어이다. 좋았던 장면을 찾기 위해 기억을 거슬러 더듬어 보아도, 어김없이 술에 취한 모습이 제일 먼저 나타난다. 명절날이었다. 아버지는 불그스레한 얼굴을 하고 소주잔을 연신 들이켰다. 비틀거리는 몸을 한 채 할아버지와 집안 어른들이 앉아계시는 곳으로 다가갔다. 곧이어 고함이 들리기 시작했다. 한, 뱃놈, 원망. 이런 가시 돋친 단어들을 할아버지에게 뱉었다. 장남으로 태어나 부모와 동생들을 보살펴야 했던 아버지는 일찍이 학업을 포기하고 가업을 물려받았다. 살림이 넉넉하지 못한 탓에 어릴 때부터 물길을 보고 배를 몰았다.

술의 힘을 빌려서라도 아버지는 그동안 하지 못했던 말을 큰소리로 말했다. 부엌에 있던 할머니와 엄마는 뛰어나왔다. 내가 소리 나는 방향으로 돌아봤을 때 이미 상은 엎어져 있었다. 이런 행동들은 술만 마시면 자주 반복되었다. 어리기만 했던 나는 그저 사시나무 떨듯 어른들 뒤에 숨어서 지켜볼 수밖에 없었다. 나에게 아버지는 술만 마시면 싸우는 사람으로 각인되었다.

이랬던 아버지도 술 마시지 않고 고함지르던 행동을 멈추는 때가 있었다. 바로 책 읽는 동안이다. 아버지의 책장에는 노란색 겉표지에 오침으로 제본된 옛날 책들이 쌓여 있었다. 한자로 적힌 책을 몇 시간이고 한 자리에 앉아서 보았다. 배 조업을 나가기 전이나 다녀온 후에도 항상 책을 꺼내 읽었다. 그러고 나서 펜을 들고 줄줄이 소시지처럼 오른쪽부터 시작해 위에서 아래로 한자를 써 내려갔다. 네모 칸이 그려져 있는 공책 처음 장부터 마지막 장까지 한자리에서 멈추지 않고 단숨에 기록했다. 아버지는 공책 한 권을 다 적고도 부족해 신문지 위나 하물며 방바닥 귀퉁이 장판 위에다가 쓰기도 했다. 방에 들어가면 해가 지도록 밖으로 나오지 않았다. 하루는 아버지 책상 위에 있던 책과 공책을 보았다. 책에 있는 글자 하나도 빠짐없이 그대로 공책에 적혀 있었다. 아버지는 쓰면서 외우고, 외우면서 쓰고 있었던 것이다.

또다시 명절이 되었다. 나는 술에 취해 고함을 지르는 아버지 앞으로 다가가 인제 그만 좀 하라며 말렸다. 아버지는 눈이 풀린 채 나를 쳐다보았다. 갑자기 손이 위로 올라가더니 내 뺨을 때렸다, 순식간에 일어난 일이었다, 하늘이 무너지는 듯한 충격에 머릿속이 하얘졌다. 할머니는 정신 차리라며 아버지의 등을 잡아 끌었고, 엄마는 나를 보호하려고 아버지와 나 사이를 뛰어들었다. 이 일이 있고 난 뒤부터 나는 아버지를 싫어하는 마음이 풍선처럼 커졌다. 얼굴을 쳐다보는 것도 말소리를 듣는 것도 힘들

당신에게 멈추는 시간을 선물합니다

었다. 두 번 다시 아버지가 책을 보던 방으로 들어가지 않았다.

중학교 졸업식을 마치고 집으로 돌아왔을 때, 내 책상 위에는 책 한 권이 놓여 있었다. 엄마는 며칠 전부터 아버지가 고민해서 준비했다고 말했다. 나는 이런 책을 왜 나한테 주냐며 투덜거렸다. 책장 구석에 꽂아놓고는 꺼내 읽지 않았다. 싫어했던 감정은 살면서 때때로 파도처럼 밀려왔다. 아버지가 내 곁에 없음에도 불구하고 누군가 그에 관해 물으면 입을 꾹 닫았다. 부모가 되면 부모의 마음을 알 수 있다는 말도 엉터리라고 여기며 살았다.

그러다 중고 서점에서 아버지가 나에게 선물한 책을 만났다. 안 본 척할 수 있었지만, 나는 책 앞에 멈춰 섰다. 내 눈에 띈 것이 아니라, 책이 나를 선택하여 시선을 붙잡았다고 생각하니 그냥 지나칠 수 없었다. 감정은 시간처럼 흘러가고 변화한다. 미워하는 마음이 영원할 줄 알았다. 그동안 책을 읽으며 생각하고 글을 쓰고 있었던 이유가 아마도 아버지에 대한 나쁜 감정들을 조금씩 쓰러뜨리기 위한 훈련이 아니었을까 하는 생각이 들었다. 서점 안은 시간과 감정의 교차로가 되었다. 어떤 메시지가 담겨 있을까. 책을 꺼내 계산대로 가져갔다.

하루 24시간 중 단 10분, 『천국의 열쇠』 책을 읽는다. 미워하고 원망만 가득했던 마음이 조금씩 잔잔해진다. 그동안 아버지라는 단어에 어두운 그림자를 만들어 냈던 건 다름 아닌 나 자신이었다. 불행하다고 생각하며 스스로 발목을 사로잡았다. 여태까지 나를 힘들게 한 사람이 아버지인 줄 착각하면서 살아왔다. 책이 나를 선택했다고 생각을 고쳐먹는 것처럼, 미워하는 마음을 없애는 것도 결국 내 마음가짐과 태도에 달려 있음이다.

예전에 아버지가 내밀었던 화해의 손길을 먼 시간 돌고 돌아 이제야 맞잡는다. 알라딘 요술램프 속에 소원을 들어주는 요정 지니가 있듯이, 요술램프가 그려진 중고 서점에서 발견한 이 책이 내 소원을 들어줄 수 있을지 기대가 된다. 아버지와 화해하고 용서하는 길을 찾는다. 나에게 말하고 싶었던 것이 무엇일지 바로 이 책부터 읽어나가기로 했다.

당신에게 멈추는 시간을 선물합니다

4-3.
멈춤의 시간

김효진

삶은 끊임없는 움직임의 연속이다. 매일 아침 일어나서 잠자리에 들 때까지, 계속해서 무언가를 하고 있다. 일, 식사, 취미, 공부, 가족과의 시간 등 때로는 이렇게 끊임없이 움직이는 것들이 사람을 지치게 만든다. 이럴 때 우리는 '멈춤'이 필요하다.

어떤 멈춤이 필요한 것일까? 모두에게 똑같은 멈춤이 필요한 것은 아니다. 나에게 맞는 것을 찾아야 한다. 이것은 몸과 마음을 쉬게 한다. 그런 멈춤이야말로 진정으로 휴식을 취하고 재충전하는 시간이다.

첫애를 낳은 후, 삶은 전혀 다른 세상이었다. 모든 것이 놀랍고 낯설었다. 아이의 첫 울음소리와 웃음소리, 뒤집기 등 모든 행동이 다 낯설었다. 하루가 다르게 아이의 얼굴이 바뀌었다. 그 시기의 얼굴을 놓칠세라 사진을 찍었다. 모든 순간이 눈부시게 아름다웠다.

그러나 동시에 육아는 엄청난 무게로 다가왔다. 하루가 어떻게 지나가는지 확인할 시간조차 없었다. 잠 못 이루는 밤들, 잘 키우고 있는지 걱정과 책임감, 그리고 끝없는 고된 육아로 두 눈이 퀭해졌다. 제대로 잠을 잘 수 없어 제정신이 아니었다. 모유수유 시 카페인 성분이 아이를 잠 못 자게 한다는 말에 커피도 마시지 않았다. 식탁 앞에 멍하게 서 있다가 아기 우는 소리가 들리면 자동으로 몸을 움직였다.

'지이이잉'

핸드폰 진동이 울린다. 조리원 동기 단체 대화방이다. 살아있냐는 말로 시작해 오늘 당장 만나자는 말로 끝났다. 나가고 싶었다. 바람이라도 쐴까 싶어 참석한다고 알렸다. 우는 아이 달래가며 나갈 준비를 마쳤다. 거실은 난장판이었지만 못 본 척 서둘러 나왔다. 유모차를 끌고 홈플러스 마트 안에 있는 커피숍에 들어갔다. 구석 테이블에 아기를 안은 엄마들이 모여 수다가 한창이다. 나는 그쪽으로 웃으며 걸어갔다.

"애가 잠을 안 자고 울기만 해."

"새벽에 애가 울어도 남편은 들은 척도 안 하고 잠만 잔다니까."

"난 머리카락이 너무 많이 빠져서 우울해,"

"애를 계속 안고 있었더니, 팔도 아프고 무릎도 아파."

"혼자서 한 시간만 잤으면 좋겠다."

"나도."

같은 처지에 놓인 우리들은 서로의 이야기에 공감했다. 한 아

당신에게 멈추는 시간을 선물합니다

이가 울었다. 배고프다는 신호다. 옆에 있던 아이가 따라 울었다. 그 옆에 있던 아이도 울었다. 도미노처럼 아기의 울음은 옆에서 옆으로 번졌다. 엄마들은 마트 안에 있는 수유실에 번갈아 다녀왔다. 기분이 나아지길 바랐지만 그렇지 않았다. 육아 전쟁에 동료가 있다는 것만 빼면 힘든 것은 집이나 밖이나 매한가지였다. 에너지가 줄줄 새는 느낌이 들었다. 세 시간이 지났지만, 아기 엄마들은 자리에서 일어나지 않았다. 결국 핑계를 대며 먼저 일어났다. 아침보다 더 지친 몸을 이끌고 유모차를 밀며 마트를 빠져나왔다. 한숨이 터져 나왔다.

집으로 들어가는 길에 자주 가는 꽃집이 있다. 내 발걸음은 마치 여기가 원래 목적지인 것처럼 자연스럽게 꽃집 안으로 들어갔다. 엄지손가락만한 작은 다육식물이 줄지어 있었다. 종이 팻말에는 천 원이라는 가격이 적혀있었다. 올망졸망 모여 있는 다육식물을 보니 미소가 지어졌다. 귀엽고 사랑스럽다는 생각이 들었다. 작은 다육식물을 세 개 골랐다. 플라스틱 화분 세 개와 마사토까지 구입하고 집으로 돌아왔다. 딸 윤아는 유모차에서 잠이 들었다. 아이가 깨기 전, 화분에 식물을 옮겨주고 싶었다. 아이를 유모차에 그대로 둔 채 손을 급하게 움직였다. 비닐에서 다육식물을 꺼내고 뿌리에 붙어있는 흙을 털어냈다. 플라스틱 화분 바닥에 마사토를 조금 넣고 식물을 심었다. 다시 마사토를 넣어 화분을 가득 채웠다.

화분에 모두 옮겨 놓으니 뿌듯했다. 쟁반 위에 화분 세 개를 올려 화장실로 가져갔다. 샤워기로 화분에 물을 주었다. 베란다로 가져가 창문을 열었다. 화분 걸이대에는 이미 화분이 가득했다. 이쪽저쪽 밀고 줄을 맞춰 공간을 확보했다. 새로 사 온 화분을 올려놓았다. 꽃집에서처럼 또다시 미소가 지어졌다. 작은 행복이 나를 채워준다.

    거실이 지저분했다. 아침에 엉망으로 해놓고 나온 그대로다. 던져놓은 옷가지와 수건을 세탁기에 넣고, 장난감을 정리했다. 청소기를 사용해 거실을 청소하고, 물티슈로 바닥을 닦았다. 쓰레기를 모아 놓았던 검정 봉지까지 버리고 나니 거실이 환해졌다. 아침 먹고 싱크대에 던져둔 그릇이 보였다. 설거짓거리가 쌓인 볼에 물을 틀었다. 접시와 냄비, 밥그릇과 수저가 물속으로 가라앉았다. 수세미를 집어 들고 접시를 닦았다. 세제 거품이 빨간 김치 자국을 씻어냈다. 밥그릇에 밥알 하나 남기지 않고 깨끗이 사라졌다. 물기를 털어 올려놓고 싱크대에 튄 물을 닦는다. 마지막으로 손도 탈탈 턴다. 마치 기다렸다는 듯 윤아의 울음소리가 들렸다.

    "아이고, 우리 딸. 잘 잤어요."

    아이를 안아 들고 베란다로 나갔다. 가지런한 화분들이 나를 반겼다.

    식물은 나에게 쉬는 것이 무엇인지 알게 해 주었다. 휴식을 주고 작은 기쁨을 선물했다. 식물을 돌보는 시간을 통해 나를 아끼고 사랑하는 방법을 배우게 되었다.

    나는 스스로 휴식하고 재충전하는 시간을 '멈춤의 시간'이라 부르기로 했다. 멈춤의 시간은 다 다르다. 나에겐 식물이 바로 그것이다. 다른 사람에겐 명상, 일기, 요가, 산책, 음악, 취미, 여행, 혹은 독서가 그것일 수 있다. 그림을 그리거나 춤을 출 수도 있고, 아무것도 하지 않을 수도 있다. 사람들이 많은 만큼 다양한 멈춤이 있다. 자신만의 '멈춤의 시간'을 찾았으면 좋겠다. 힘을 얻고 자신을 더 사랑하며, 행복하길 바란다.

4-4.
읽고 쓰는 삶, 최고의 선물

백란현

바빠 죽겠다는 말, 습관처럼 내뱉고 살았다. 나도 모르게 인상을 썼다. 숨 좀 돌리고 싶은데 스마트폰 달력엔 비어있는 공간 없었다. 코로나 기간 책을 읽기 시작하면서 읽은 내용과 관련된 내 경험도 끄적이기 시작했다. '책+삶'이라고 표시한 후 포스팅했다. 책 내용 일부를 옮겨 적었다. 무엇을 위해 바쁘게 사는가 내 생각도 메모했다. 출판에도 관심 가지기 시작했다. '읽고 쓰는 시간'이 나를 작가로 만들어 줄 것 같았다. 생활 속에서 독서 시간부터 확보하려고 했다.

3년이 지난 지금, 읽고 쓰는 삶을 우선순위로 여기고 있다. 바빠 죽겠다는 말 가끔 입에서 튀어나올 때도 있지만, 인상 쓰며 일하던 모습은 어느 정도 사라졌다. 전력 질주하던 모습 대신, 하루에 한 번은 읽고 쓰면서 나에게 멈추는 시간 선물한다. 30분이면 충분하다.

생활 속에서 멈추기 위해 어떻게 읽고 쓰는지 세 가지 방법을

당신에게 멈추는 시간을 선물합니다

공개한다. '그림책과 동화책' 혼자 읽기, 읽어주기, 블로그 포스팅하기다.

첫째, 그림책과 동화책을 혼자 읽는다.

김해 독서교육 지원단 3년 차 교사로 비경쟁 독서토론을 진행했다. 그러기 위해서는 내가 먼저 『5번 레인』 동화책을 읽어야 한다. 활동 순서에 맞게 인상 깊은 문장을 뽑아 두어야 하고 학생들이 만들법한 질문도 내가 미리 만들어봐야 한다. 6학년 교사 대상 독서교육 지도 방법에 대하여 강의한 적 있다. 강의를 위해서 내가 먼저 『여름이 반짝』 동화책을 읽었다. 최근에는 '멘탈 파워 성공 스쿨'에서 멘탈 관리를 위해 책 읽기를 권한 적 있다. 덤으로 동화책 속 문장도 소개했었다. 내가 동화책을 읽어둔 게 있어야 가능한 강의였다. 한 번 더 동화책 훑었다.

초등 독서교육 전문가로서 그림책과 동화책 읽는 시간은 내 업무와 관련 있다. 일을 위해 책을 가까이하지만, 읽는 순간만큼은 스토리에 빠져든다. 초등학교 시절부터 책을 읽었다면 좋았을 텐데 하는 아쉬움에 그림책과 동화책을 끼고 사는 어른이 되었다. 독서의 재미를 알아가는 시간은 나에게 '멈춤'이다.

그림책을 좋아하는 어른도 많아진 것 같다. 이웃 블로그 포스팅 종류를 봐도 그림책 소개하는 내용이 자주 보인다. 어른들이 그림책을 선호하는 이유는 무엇일까. 그림으로 어릴 적 추억을 회상할 수 있어서인가 보다. 『고향의 봄』 그림책을 보고 어릴 적 마을에서 동네 뒷산에 뛰어다녔던 장면이 생각났었다. 그림책 읽기, 하루 5분이면 '멈추는' 시간으로 충분하다. 동화책 한 권도 여러 날 동안 나누어서 읽으면 된다.

둘째, 그림책과 동화책을 읽어준다.

한 권의 그림책을 매일 읽어준다면 1년 동안 300권 넘는 그림책을 만날 수 있다. 좋아하는 그림책은 또 읽어달라고도 한다. 다시 읽으면 안 보이던 그림도 보인다. 『금메달은 내 거야!』, 『투발루에게 수영을 가르칠 걸 그랬어!』 두 권 읽어주면서 어렴풋이 알고 있던 내용과 달라서 앉은 자리에서 세 번이나 다시 읽었다. 반복해서 읽는 시간도 나에게 멈춤의 시간이었고 나를 위한 선물이었다.

5학년 담임을 맡은 후 역사 동화를 매일 읽어주고 있다. 수업도 해야 하므로 책 읽어주는 시간 5분만 투자한다. 아이들은 내가 책 읽어주는 행위를 자기 자신들을 위해서라고 생각한다. 그 말도 맞지만 내가 책 읽어주는 이유는 나를 위해서다. 나도 소리 내어 읽을 수 있고 학생들도 책을 들으면서 내용에 빠진다면 금상첨화다. 교실에서 책 읽어주는 시간은 멈출 수 있는 시간이다. 아침마다 확인해야 하는 업무 지시용 카톡과 메신저 내용에서 잠시 벗어난다. 책 읽어주기는 학교 업무 아니다. 나와 학생들 사이의 소통 도구이자 선물이다. 또한 역사 동화를 읽다 보면 현재 우리나라에서 태어나 생활하고 있는 사실에 감사하게 된다. 책 읽어주기 덕분에 하루의 시작도 차분해진다. 친구끼리 싸우는 빈도도 줄고 나도 싸움 말릴 일 줄었으니, 서로에게 유익하다. 제대로 '멈춤'을 경험한다.

셋째, 블로그 포스팅하기다.

블로그 글 쓰는 시간에는 스마트폰을 잠시 잊게 해 준다. 폰 없이, 쓰고 있는 글에만 몰입할 수 있어서 자유롭다. 맡은 일이 많다. 아내, 엄마, 딸, 교사, 작가, 강사로서 챙길 일을 스마트폰 달력에 시간대별로 채워둔다. 일정표를 확인하다 보면 나의 하루가 산만하게 느껴진다. 그러나 블로그 글 쓰는 시간을 확보하니 멈춤과 집중을 선물 받았다. 쓰면서 글이 쌓이는 재미도 느낀다.

이은대 대표가 평생회원에게 본보기 되어주듯이, 나도 매일 글을 써야겠다고 생각했다. 라이팅 코치로 살기 시작했고 수강생과 소통하는 입장이 되었다. 평소 글 쓰는 모습을 수강생에게 보여주고 싶었다. 나의 하루에 대해 글을 썼다. 저녁에 줌 강의를 들은 후 잠들기 전에 한 편의 글을 발행한다. 최근에는 학교에서 쉬는 시간에도 짧은 분량을 블로그에 적어 발행한다. 글쓰기 시간 덕분에 자주 멈춘다. 끼적인 글 덕분에 초고 목차마다 내 경험을 채울 수 있다. 써둔 글에는 이자가 붙는다더니 집필하면서 '글 이자'를 자주 받는다.

며칠 전 가려움증으로 아침에 병 지각한 경험을 블로그에 쓴 적 있다. 작가가 되기 전이었다면 글로 쓰지 않았을 터다. 작가와 라이팅 코치로 살기 시작하면서 나의 병원행은 '글감'이 되었다. 출근길과 다른 방향으로 느긋하게 걸어갔다. 교실로 출근하면 내가 챙길 일이 기다리지만 병원을 방문하면 의료진에게 챙김을 받는다는 생각이 들었다. 평소와 다르게 병원 갔다가 출근한 내용을 기록한 시간, 멈춤을 선물 받았다.

독감 걸렸던 둘째 희진이가 병원에서 퇴원하자마자 셋째 희윤이가 리노바이러스로 입원했다. 보호자로 병실에 가면서 책과 노트북을 챙겼다. 밥도 챙기고 약도 먹여야 하지만 틈틈이 멈추는 시간도 확보한다.

'읽고 쓰는 시간'은 나에게 멈춤의 도구이자 선물이다. 자기 계발에 관심 가지지 않았다면 '읽고 쓰기'에 대해 부담 가졌을 것이다. 지금은 읽고 쓰는 삶을 공부하고 실천한다. 글로 써서 제출해야 하는 문서 작업도 과거보다는 훨씬 수월하게 작성하고 있다.

오늘도 바빴다. 그러나 바빠 죽겠다고 하소연하면서 시간 30분 사용하는 대신 멈추는 시간부터 확보했다. 읽었고 읽어주었다. 그리고 나의 하루 이야기를 하얀 종이에 채웠다.

멈추고 나니 해야 할 일 신나게 진행할 에너지도 생겼다. 멈추는 방법은 '읽고 쓰기'다.

당신에게 멈추는 시간을 선물합니다

4-5.
나를 알아가는 시간의 힘

서영식

　　　　　하루 중 나만을 생각하는 시간은 얼마나 될까? 종일 나에 대해 생각한다고 하지만 실제는 자신과 관련된 일을 생각하는 것이다. 나를 돌아보는 시간은 문제가 발생할 때 해결할 수 있게 하는 힘이 된다. 하루 중 자신과 대화를 하는 시간도 도움이 된다. 오늘 하루를 어떻게 보냈는지 스스로 물어본다. 내가 원하는 일을 하고 있는지, 힘든 일이 있다면 왜 그런지 이유를 생각해 본다.

　　인지심리학자인 김경일 교수는 사람이 가장 싫어하는 감정이 불안이라고 한다. 불확실한 상황에 불안한 이유는 아직 발생하지 않은 일에 대해 걱정하기 때문이다. 불안을 해소하기 위해서는 현재시간에 집중하면 된다. 집중하기 위해서 멈춘다. 멈춘다는 의미가 아무것도 하지 않고 시간을 보내는 것만은 아니다. 자신만을 위한 시간을 가지는 것이다. 하고 싶은 일을 찾기 위한 시간이다. 멈추는 시간으로 나를 더 잘 알 수 있다. 방법을 세 가지로 정리해 본다.

첫째, 기분과 마음 상태를 파악하는 시간을 가져 본다.

러셀의 정서 모형에서는 마음 상태를 표현하는 단어는 기쁨과 애정, 슬픔과 근심, 두려움, 분노로 분류한다. 마음 상태를 표현하는 단어는 다양하다. 매일 내 마음을 확인한다. 기분이 좋은 상태(상쾌한, 즐거운, 기쁜, 생기있는, 기운 나는, 만족스러운, 행복한)인지 살핀다. 마음이 편안한지(안정된, 고요한, 안심된, 평화로운, 여유 있는)도 확인한다. 불안한 상태(화난, 억울한, 답답한, 초조한, 놀란, 당황스러운)인지 파악한다. 우울한 상태(무기력한, 슬픈, 피곤한, 귀찮은, 침울함, 외로운)도 본다. 이렇게 마음 상태를 알고 있으면 감정 관리를 할 수 있다. 이유 없이 우울하고 짜증 날 때도 있다. 그럴 땐 원인을 생각해 보고 지금 내 마음을 있는 그대로 받아들인다. 대신 기분 전환하기 위해 몸의 감각을 깨우는 활동을 해야 한다. 걷기나 몸을 움직여서 감각을 깨운다. 천천히 심호흡하고 마음의 평화를 찾는다. 내가 감정을 선택할 수 있다고 생각하고 바꾸려는 마음을 가진다.

예전에 마음 상태를 모르고 지낼 때는 감정 관리가 힘들었다. 화를 억지로 누른다고 생각했다. 지금은 아침에 출근해서 내 마음 상태를 확인하고 잠이 들기 전 생각한다. 매일 감정 상태도 체크를 한다.

둘째, 글쓰기로 마음을 재정비한다.

글쓰기도 멈출 수 있는 또 하나의 방법이다. 쓰기 전 생각을 정리한다. 하고 싶은 말을 메모한다. 어제 있었던 일, 오늘 한 일, 해야 할 일 친한 친구에게 얘기하듯이 할 말을 정리해 본다. 지난주 토요일에 자이언트 작가의 저자 사인회에 다녀왔다. 『직장 노예』를 출간한 김형준 작가의 사인회였다. 잠실 교보문고에서 있었던 일을 메모한다. 매월 참석하면서 자이언트 작가를 만난다는 즐거운 마음, 장소에 도착해서 인사를 나누고 안부를 묻는 모습, 한 달 만에 만나서 듣는 이야기. 글 쓰고 책을 출간한다는 같은 목표를 가진 작가와의 만남은 재미가 있다. 글 쓰는 이야기, 직장 이야기, 사춘기 자녀 이야기 등 평소 만나는 사람과 다른 이야기를 나눈다. 주로 하는 이야기가 글쓰기, 책 쓰기다. 개인 책을 출간하기 위해 초고를 쓰는 작가, 초고를 쓰고 퇴고하는 작가, 퇴고 후 출판사 투고를 준비하는 작가, 글쓰기가 안 될 때 방법 등 할 얘기가 많다. 글을 쓰면서 나를 더 잘 알 수 있게 되었다. 글을 쓰는 시간은 잠시 나를 살펴보고 생각을 밖으로 꺼내는 시간이다. 쓰기 전 생각하고 쓰면서 마음을 재정비한다. 어떤 글을 쓸지 생각한다. 나를 돌아보고 멈출 수 있는 시간이다.

셋째, 에너지 사용량을 확인한다.

에너지는 한정되어 있다. 지금 내 에너지 상태가 어떤지 확인한다. 방전되지 않게 에너지 사용량을 살핀다. 오늘 한 일을 돌아본다. 즐거웠던 일, 힘들었던 일을 돌아본다. 일이 많거나 바쁠 경우 에너지가 고갈된 느낌이 든다. 그럴 땐 마음이 편해지는 방법을 찾아본다. 좋아하는 것을 하면 에너지가 충전된다. 에너지를 충전하는 방법은 다양하다. 운동, 요리, 취미생활, TV, 유튜브, 영화 등 맞는 방법을 찾는다. 중요한 건 내가 무엇을 원하는지 알아야 한다. 나는 독서를 하면서 힘을 얻는다. 잠깐이라도 독서하면서 새로운 정보를 얻을 때 기분이 좋아진다. 에너지를 다 쓰기 전에 확인하는 것이 필요하다. 회복하기 위한 시간을 만드는 방법보다 에너지가 다 고갈되기 전에 확인하는 시간이 중요하다.

멈추는 시간을 가지는 세 가지 방법은 삶을 더 편안하게 해 준다. 감정을 들여다보는 시간은 어떻게 관리할지 방법을 알게 해 준다. 글쓰기 전 잠깐 멈춰서 쓰고 싶은 내용을 확인한다. 에너지가 얼마 정도 차 있는지 확인하면 지금 쉬어야 할 때인지 더 열심히 할 때인지 알 수 있다. 시간이 오래 걸리는 일은 아니다. 바쁜 일상이지만 아침 출근 전이나 점심시간, 잠들기 전 할 수 있다. 글쓰기를 시작하면서 많이 변화했다. 글쓰기 전 생각하는 시간은 내가 어떻게 살고 있는지 돌아보게 한다. 쉬지 않고 앞으로 달리기만 할 때와는 달라졌다. 지금은 잠시 멈춰서 생각하는 시간이 생겼다.

글을 쓰기 전 멈춘다는 의미를 그냥 가만히 있는 상태라고 생각했다. 이제는 생각이 바뀌었다. 아무것도 안 하는 시간이 아니라 나를 위해 돌아보는 시간이다. 요즘은 스트레스가 많은 시대라고 한다. 정신없이 쏟아지는 정보도 많고 신경 쓸 일도 많다. 바쁘게 세상이 움직인다. 유튜브나 동영상도 짧은 영상이 유행이다. 현실과 다르게 동영상 속 세상은 실수가 없다. 편집된 영상은 완벽하게만 보인다. 실제는 다르다. 밥을 먹다가 흘리기도 하고 길을 걷다가 넘어지기도 한다. 물건을 들다가 떨어뜨리기도 한다. 동영상과 다른 세상이라 현실을 답답하게 느끼는 사람도 많다고 한다. 성격이 더 급해지고 빨리 결과를 원한다. 기다리는 시간이 참기 어렵다.

계속 움직이는 세상에 가만히 있으면 뒤처진다는 생각이 들기도 한다. 나도 계속 무언가를 하려고 하는 사람이다. 가만히 있는 상황을 못 견딘다. 뭔가 해야만 한다. 글을 쓰면서 멈춘다는 의미에 대해 다시 생각했다. 바쁘게 돌아가는 세상에 같이 정신없이 살 것인가 중심을 잡고 살 것인가. 중심을 잡기 위해서는 나 자신을 잘 알아야 한다. 자신을 살피는 시간이 필요하다.

원하는 것을 이루기 위해서는 중요한 일에 집중해야 한다. 양궁 선수를 보면 집중하기 위해 멈춰서 과녁을 확인한다. 잠깐의 멈춤과 집중하는 시간이 정확한 목표를 향해 나아갈 수 있게 한다. 나를 돌아보고 원하는 목표를 생각한다. 방향이 맞는지 더 좋은 방법이 없는지 확인한다. 멈추는 시간을 내가 성장할 수 있는 시간으로 만들 수 있도록 노력하고 있다. 무의미한 시간으로 보내고 죄책감을 느끼는 것이 아니라 더 단단해지는 시간으로 만들려고 한다.

4-6.
일단은 사무실부터

송슬기

　"책을 많이 읽으시나 봐요." 결재를 기다리던 A가 말했다. 읽어야지 하는 마음이 들 때마다 생각 없이 책을 하나 둘 책상에 쌓아두었는데, 어느새 그 높이가 파티션을 훌쩍 넘어가고 있었다. A는 제일 위에 놓인 재레드 다이아몬드의『총 균 쇠』를 자신도 읽었다며 한껏 고조되어 감상을 털어놓았다. 책을 많이 읽는 모양이었다. 그 목소리가 얼마나 신이 나 보이던지, 나는 앞부분만 조금 읽다가 말았다는 말을 꺼내지도 못했다. A는 쌓인 책의 제목을 쭉 보더니 나쓰메 소세키의 소설『나는 고양이로소이다』에 시선이 멈추었다.

　빛바랜 표지 때문이었을까. A는 새 책들 사이에 낀 헌책을 콕 찍어 어떠냐고 물었다. 하필이면 또 왜 그 책이었는지. 나는 아직 다 읽어보지 못했다고 겸연쩍게 웃으며 말했다. A는 "아, 그렇군요"라고 말했지만, 대화는 이어지지 못하고 한참 동안 어색함이 흘렀다. 썩 유쾌하지 않았다. 못 읽었다고 대답하는 내가

당신에게 멈추는 시간을 선물합니다

마치 책만 잔뜩 쌓아두는 사람처럼 느껴졌다. 허세 가득한 사람이 된 것 같아 마음 깊숙한 데서 알 수 없는 열등감이 밀려왔다.

잘 쓰기 위해서 책을 읽어야 한다는 말에 작년부터 매일 책을 읽었다. 우연한 계기로 쓰게 된 글이었지만, 쓰면 쓸수록 잘 쓰고 싶었다. 첫 책을 출간할 때는 아무것도 몰랐다. 과정을 경험한다고, 배우는 기회라고 생각하며 글을 썼었다. 두 번째부터는 달라야 한다고 생각했다. 처음보다는 조금이라도 나아야 한다고 스스로 강박을 가졌다. 쓸수록 어려웠다. 잘 쓰려면 독서를 통해 공부해야 한다는 기성 작가들의 말대로 책 읽는 삶을 놓치지 않겠다고 다짐했다. 한 문장이라도 내 삶으로 가져오겠다는 마음으로 읽었지만, 그럴수록 마음은 급해졌다. 다른 작가들의 표현에 감동하고 구성과 소재에 감탄할수록 불안했다. 잘하고 있는지 확신이 들지 않았다. 책을 읽는 일이 의무처럼 느껴졌다. 그럴수록 욕심을 부렸다. 더 많이 읽으면 더 잘 써지겠지. 승자와 패자로 나뉘는 싸움도 아닌데 책과 꼭 전투를 치르듯 싸우려 했다.

책을 샀을 때 느끼는 만족은 잠깐이었다. 부족한 점을 메꾸려고 책을 살수록, 안도감이 들기보다 쌓인 책을 볼 때 느끼는 고통이 배가 되었다. 포스트잇에 그림과 함께 일기를 쓰는 MOON Bro. 작가의 『퇴근이 취미입니다』라는 책에 보면 죄책감에 대한 설명이 있다. 여기서 말하는 죄책감(罪冊感)이란 '책을 잔뜩 구매해서 쌓아두고 읽지 않는 것에 책임을 느끼는 마음'이라 정의한다. 책에 대한 죄책감(罪責感)을 죄책감(罪冊感)으로 표현하고 있었다. 책이 무슨 잘못인가. 쌓아둔 책을 볼 때마다 한숨이 나왔다. 그럴수록 한 줄이라도 더 읽어야 한다며 책 읽는 행위에 더욱 집착했다.

책을 읽고 나고 나면 블로그에 독후감을 썼다. 나만의 위안이었다. 기록의 기준은 완독이었다. 기록할수록 성취감도 쌓였다. 그런데 최근엔 그 기록조차 제대로 못 하고 있다. 어떤 책이 건사 놓으면 읽을 수 있을 것이라 생각했었다. 재미와 흥미가 없더라도 활자를 읽어내는 건 자신 있었다. 그마저도 성급한 착각임을 깨달았다. 일주일에 두 번 이상 작성했던 독서 기록이 10월엔 겨우 두 개가 전부였다. 한 달에 한 권도 완독하지 못할 것 같았다. 불안이 나를 옥죄는 듯했다. 책을 읽고 글을 쓰는 게 대체 뭐 그렇게 중요하냐고, 집안 살림이나 아이들을 돌보는 일에 더 집중하라는 남편 말이 떠올랐다. 이쯤 되니 강박에 쌓이면서까지 책에서 얻고 싶은 것은 대체 무엇인지 나 자신에게 물어야 했다.

독서 관련 인플루언서들 SNS에서 책으로 탑을 쌓아 놓은 사진을 볼 때가 있다. 독서를 콘텐츠 삼아 독서가로서 자신의 정체성을 나타낸다고 생각했다. 나는 책을 읽고 콘텐츠를 만들어 유명해지거나 돈을 벌고 싶은 마음은 없다. '책 탑'을 쌓으며 마음의 부담감을 느끼는 것이 전부인데, 나는 대체 왜 이렇게 독서에 필사적이었던 것일까.

글을 쓰고 책을 읽으면서 과거 무기력했던 삶이 조금씩 변했다. 더 나은 삶을 살아가고 있다는 막연한 만족감, 삶에 대한 만족이었다. 매일 조금이라도 읽고, 매일 뭐라도 쓰는 것이 내 하루의 작은 목표였다. 아무것도 하고 싶지 않았던 때와는 달랐다. 해보고 싶다는 마음이 드니 삶에도 활기가 생겼다. 독서를 멈추

당신에게 멈추는 시간을 선물합니다

면 삶의 목표가 사라질 것만 같아 무서웠다. 책 앞에서 느낄 무력감이 곧 삶에 대한 패배감이 될까 봐 겁이 나 계속 집착했는지도 몰랐다. 책을 읽고 성찰한다고 술하게 썼지만, 그 이면에 아직도 걱정이 많았고 두려웠다. 이래선 하나도 나아진 게 없었다. 아니, 나아갈 수 없다는 걸 다시 깨달았다.

책상에 쌓여 있던 책을 과감하게 정리했다. 내가 보지 않으면 다른 사람이라도 읽는 게 나을 것 같아 사무실 복도 책장에 꽂아 두었다. 곁눈질만 하면 보였던 책이 없으니, 처음엔 텅 빈 것만 같았다. 허전함도 시간이 지날수록 익숙해졌다. 무엇보다 한숨이 줄었다. 빨리 읽어야 한다는 조급함도 사라졌다. 책 쌓기를 멈추었을 뿐인데 걱정이 멈췄다.

일본 메이지대학교 교수이자 작가인 사이토 다카시는 『혼자 있는 시간의 힘』이라는 책에서 "성장하려면 적어도 한 번은 익숙한 지점에서 빠져나와 그것들과 단절하는 시간을 가져야 한다" 라고 말했다. 잠깐 멈추는 시간이 필요한 이유. 나는 또 책에서 찾는다.

알맹이는 빈약하지만 고상한 포장지를 씌우면서 나를 '책 읽는 사람 혹은 지적인 사람'이라 포장하려 했던 지난날을 돌아본다. 마음의 안정을 위해 책 수집하는 일도 멈춘다. 딱 한 권만 사무실 책상 서랍에 넣는다. 행간을 읽는다는 어느 지인의 말처럼 하나라도 제대로 읽어보려 마음을 다잡는다.

지난 주말, 함께 글을 쓰고 출간한 작가들을 만났다. 작가의 서명이 담긴 책을 선물로 받았다. 읽은 뒤 후기를 쓸 목적으로 선물 받은 책을 가방에 넣었다. 집으로 들고 가려니 책 좀 그만 들고 오라는 남편의 눈치가 가장 먼저 떠올랐다. 차 트렁크에도 비상금으로 몰래 사 놓은 책이 있었다. 정돈되지 않고 두서없이 빼곡하게 꽂혀있는 거실 책장이 생각났다.

책 쌓는 일, 일단 사무실부터 멈추는 걸로 해야겠다.

당신에게 멈추는 시간을 선물합니다

4-7.
일상 작은 멈춤으로
평생 건강 습관 들일 수 있다

장미연

40대 초반, 나는 암 환자가 되었다. 남편도 30대 중반부터 혈압약 먹기 시작했다. 귀엽기만 한 새내기 후배가 정신과 상담받고 우울증 약 처방받았다며 어려움을 호소했다. 아프고 나서 알았다. 건강, 미리 챙겨야 했다. 건강한 상태에서는 적은 노력 기울여도 유지하기 쉬웠다. 체력과 면역력 모두 바닥 치고 나니 회복하는 데까지 몇 곱절의 노력이 필요했다. 건강관리를 전투에 비유하자면, 공성전보다 수성전이 유리하다. 건강은 건강할 때 지켜야 한다는 옛 조상들의 말씀 진리다.

알아도 실천 쉽지 않다. 시간적, 경제적 여건뿐 아니라 심적 여유도 필요하다. 워킹맘의 경우, 더욱 엄두가 안 난다. 나도 그랬다. 한창 아이들 키울 때, 친정 바로 옆에 살아도 마찬가지였다. 봄 되면, 몸매 관리 겸 체력도 기르기 위해 헬스클럽에 등록했다. 퇴근 후, 친정에서 저녁 먹고 설거지 마치고 집에 오면

8시가 넘었다. 두 남매 숙제, 준비물 챙기느라 정신없었다. 아이들을 재우다 먼저 잠드는 날이 많았다. 밤에는 안 되겠다 싶어 새벽 기상 해보기로 마음먹었다. 알람 듣고 간신히 일어나 집을 나섰다. 운동하고 씻고 나오면, 꽃단장은커녕 머리 말리고 선크림 찍어 바를 시간도 없었다. 헐레벌떡 산발인 채 집에 돌아왔다. 투정 부리는 애들 깨워 친정에 던져놓고 출근했다. 아침부터 한바탕 진 빼고 나면 체력이 길러지는 게 아니라 맥이 쭉 빠지는 것 같았다.

3월은 신학기라 바빴다. 회원권 정지시키고 다음 달을 기약했다. 그렇게 연장을 거듭하다 결국 몇 번 가 보지도 못하고 6개월 회원권 기간이 종료되었다. '아오, 그 돈으로 맛난 거 사 먹고 공원이나 걸을걸.' 내 속도 모르고 딸아이 친구 엄마가 헬스보다는 필라테스를 배워야 한다며 호들갑을 떨었다. 어디는 1회당 얼마고, 그룹 레슨 얼마고 한창 열을 올렸다. 1 대 1 출장 레슨까지 알려준다. 마지막엔 비싼 콜라겐 먹으니 탄력이 생긴다며 판매 링크 공유했다. 입맛만 다셨다.

비싸고 특별해야 좋을 것 같지만 사람 몸, 단순하지 않다. PT 10회 받는다고 바로 지방 줄고 근육량 늘지 않는다. 일시적으로 효과 볼 수 있겠지만 멈추면 금방 원래대로 돌아간다. 비싼 샴푸, 탈모 영양제도 마찬가지다. 잠깐 쓰고 중단하느니 그보다 저렴한 맥주효모 매일 섭취하는 게 훨씬 이득이다.

조금만 공부해 보면 알 수 있다. 큰 비용과 수고들이지 않아도 할 수 있는 건강관리법 많다. 긴 시간 투자하지 않아도 일상에서 잠깐 멈춰 숨 돌리며 할 수 있다. 눈 뜨물, 음양탕, 국민체조, 절

운동, 10분 명상, 계단 오르기, 족욕 등 소소하고 미미해 보여도 도움 된다. 물론 몇 번 한다 해서 극적인 효과 보여주지 않는다. 인내심 갖고 노력과 공을 쏟아야 한다. 시간이 쌓이면 변화는 시작된다. 실천하다 보면 어느 날 몸이 먼저 느낀다. 그다음부터는 그냥 하게 된다. 애쓰지 않아도 뇌가 알아서 명령을 내린다. 건너뛰면 찝찝한 마음마저 든다.

몸 좋아지면 마음도 여유로워진다. 마음 느긋해지니 몸은 이완된다. 서로 보답하듯 선순환한다. 이러니 건강해지지 않을 수 없다. 운동, 영양제 섭취, 10분 명상 등 뭐든 규칙적으로 계속해야 한다. 그래야 원하는 결과 얻을 수 있다. 핵심은, '일상에서 꾸준히 실천하는 것'이다. 수준과 상황에 맞는, 쉽고 부담 없는 건강 관리법을 선택해야 한다.

쉬는 동안에는 더 많았지만, 복직하고부터는 딱 세 가지만 정해서 실천했다. 아침에 일어나 따뜻한 해죽순차 마시기, 점심 식사 후 걷기 명상하기, 잠자기 직전 족욕 하기. 주말이나 휴일에는 어싱(맨발 걷기)이나 가벼운 산행을 추가했다. 지금도 꾸준히 이어가고 있다. 건강이야말로 평생 관리해야 하는 핵심 자산이라 생각했다. 괜한 욕심으로 힘들어 중단하면 무슨 소용인가 싶어, 과감하게 포기할 것은 포기했다. 나름 기준 정해 선택했다.

첫째, 비용 부담이 적어야 한다.
약간의 비용 투자는 오히려 실천력과 가치 올리는 데 효과적이다. 아까워서라도 하게 된다. 그러나 경제적인 상황을 고려해야 한다. 비용 부담이 적은 건강관리법을 선택해도 삶의 질은 얼마든지 향상할 수 있다.

둘째, 긴 시간이 소요되지 않아야 한다.

나의 경우 한 번에 30분 전후 적당했다. 1시간이 넘어가면, 업무할 때나 생활에 부담이 되었다.

셋째, 장소에 크게 구애받지 않아야 한다.

특정 장소 가서 하려면 그에 따른 기회비용이 발생한다. 주로 머무는 공간과 주변에서 바로 할 수 있어야 한다.

넷째, 하는 동안 '좋다, 행복하다, 즐겁다'라고 느낄 수 있어야 한다.

목표는 머리가 아니라 마음으로 정해야 한다는 말이 있다. 특정한 행동에 중독되는 것은 도파민이라는 호르몬 때문이다. 기분 좋아야 계속하고 싶어진다.

마지막으로, 몸뿐 아니라 마음도 동시에 관리할 수 있으면 더할 나위 없이 좋다.

나는 족욕할 때, 명상과 감사 노트 쓰기를 번갈아 한다. 책도 읽는다. 함께 할 수 있는 일을 하면 시간을 효율적으로 쓸 수 있다.

'나만의 건강관리법' 정했다면, 관련 도서나 필요한 자료를 찾는다. 왜 좋은지, 어떤 점이 도움 되는지, 꾸준히 했을 때 어떤 변화 기대할 수 있는지 구체적으로 알아본다. 무작정 따라 하기보다 가치를 알고 실천할 때 효과는 배가 된다. 실천력도 올라간다. 관련 키워드 검색에 걸리는 상위 랭킹 몇 개 블로그 이웃 추가하고, 카페도 가입해 본다. 생생하고 실질적인 정보 쉽게 접할 수 있다. 남을 보며 자극받는다. 자극은 또 다른 동기가 된다. 혼자 하려고 하면 잘 안될 수도 있다. 그럴 때는, 적은 비용으로 진행되는 '함께 습관 만들기' 같은 모임에 등록한다. 습관을 잘 들인다면 어렵지 않게 평생 건강을 관리할 수 있다. 투자 대비 수익은 높은 건강 자산을 쌓을 수 있다.

40대 중반. 키워야 할 아이 두 명이다. 안정적 노후를 위한 파이프라인 구축 아직이다. 명퇴, 10년은 더 있어야 가능할 듯하다. 나이가 들수록 체력 저하나 노화는 피할 수 없다. 몸 쓰는 일 줄어들지만, 신경 쓸 일 늘어난다. 바쁘게 돌아가는 일상, 잠깐 멈추고 쉽게 할 수 있는 나만의 건강관리를 실천한다.

사소하고 간단해도 괜찮다. 많이 필요하지도 않다. 딱 1개만 정하고 30분 틈새시장 이용한다. 하루 24시간에서 아주 작은 시간이다. 오히려 실천 가능성은 커진다. 이 순간만큼은 오롯이 나를 위하는 시간이라고 조건을 건다. 실천하고 쌓이면, 그 가치와 효과는 내 몸과 마음이 알아서 보여줄 것이라 믿는다.

4-8.
지속하게 하는 힘

장춘선

1991년 5월 1일. 간호사로 '마산고려병원'에 입사해 30여 년 지속하고 있다. 그 사이 병원은 '삼성병원'을 거쳐 '성균관대학교 삼성창원병원'으로 이름이 바뀌었다. 이름이 바뀌면 경영방침도 바뀔 수밖에 없다. 그때마다 사직하는 사람도 있고 버티며 적응하는 사람도 있다. 그럴 때마다 내게 없는 다른 능력을 요구하는 것 같아 버겁기도 했다. 간호사니까 환자 간호만 잘하면 되는 거 아닌가 생각할 수도 있겠지만, 경영자가 추구하는 방향에 따라 일하기 쉬울 수도, 어려울 수도 있다. 어떻게 그 오랜 세월을 직장인으로 살아왔을까 되돌아본다.

많은 사람이 직장 문제를 안고 살아간다. 나도 마찬가지다. 주어진 업무를 잘 해내기 위해 일상적인 일은 밀쳐두었다. 어느 날 문득 하루 이틀하고 말 것도 아닌데 행복해야 지속하지 않겠냐는 생각이 들었다. 취미생활은 이런 문제를 해결하기에 좋았다.

당신에게 멈추는 시간을 선물합니다

처음엔 평생교육원에서 이것저것 배우며 허한 마음을 채웠다. 2012년부터 그림을 배웠다. 처음에는 직장 스트레스에서 벗어나기 위한 도피처였다. 지금은 삶을 지탱하는 힘이 되었다. 환자는 몸과 마음이 모두 아프다. 그들을 간호하며 연민을 느꼈고 감정 소모가 많았다. 일하기도 바쁜데 취미생활이 가능하냐며 이해하지 못하는 사람도 많았다. 바쁜 와중에도 나를 돌보는 시간을 가지려고 온갖 방법을 동원했다. 에너지 넘치는 직장인이 되기 위해, 에너지 만들 시간을 냈다.

2017년 2월까지 3교대 근무를 했다. 낮 근무는 아침 7시 인수인계를 한다. 인수인계 전 환자 상태를 파악하고, 물품 정수량을 확인하는 등 준비할 시간이 필요하다. 성향에 따라 다르지만, 나는 일찍 출근해 준비하는 게 편했다. 새벽 5시면 일어났다. 아프거나 늦잠 자는 날에는 마치 큰일이라도 생길 것 같은 징크스에 시달린다. 오후 근무나 야간근무도 마찬가지다. 작은 실수도 용납될 수 없기에 촉각을 세울 수밖에 없다. 퇴근하면 정신적으로나 육체적으로 녹초가 되었다. 최상의 컨디션을 유지하기 위해 시시때때로 잠을 보충했다. 출근 전에 친구를 만나거나 가족 모임을 하면 마음이 흐트러진다는 강박에 시달렸다. 침대에 누운 채 아들의 등하교를 챙겼다. "학교 준비물 없니? 오늘은 별일 없었어?" 아들은 빼꼼히 안방 문을 열어보고 내 안색을 살피며 대답한다. 늘 피곤한 엄마였다. 직장과 가정생활을 병행하기 위해 힘을 아껴야 한다는 생각뿐이었다. 새로운 에너지를 만들 생각을 하지 않았다. 어느 날 수비만 하다가 내 인생 다 가겠다는 생각이 불쑥 들었다.

토요일 10시 30분. 창동예술촌 '박정원 드로잉 공방'에 도착했다. 그리다 만 캔버스 한쪽에 사진 한 장이 붙어있다. 유화로 그릴 작정이다. 지난주 창동예술촌 이곳저곳을 다니며 사진을 찍었다. 그림 소재를 찾기 위해서다. 10년이나 다녔던 거리다. 구석구석 다 안다고 생각했는데 막상 사진을 찍으려니 그동안 보지 못한 것들이 많았다. 붉은색 페인트칠을 한 소품 가게 앞에 섰다. 유리문 사이에는 전단지가 끼워져 있다. 입구 화분에는 빨간 꽃이 활짝 피었다. 뒤로는 창동 거리가 훤히 보였다. 마음만 먹으면 어디로든 연결된다. 그림 주제는 '틈'이었다. 내가 창동을 찾게 된 이유다. 바쁜 일상에서 틈을 만들고 싶었다. 더 열심히 달리기 위해 고속도로 휴게소 같은 에너지 충전소가 필요했다. 붉은 벽면에서 열정을 느꼈고, 전단이 유리창에 꽂혀 무심한 듯 보였지만, 주인 손길이 닿아 반들반들 빛나는 화분이 눈에 들어왔다. 쉼은 연결이다. 힘차게 다시 출발하기 위한 저장소이다.

일주일간 열심히 살아온 주제를 가지로 이곳에 온다. 나는 세 번째 공저가 나왔다며 『사는 게 글쓰기입니다』를 내밀었다. 예쁜 삶 함께 엮어가자고 작가 사인을 해 주었다. 10년이 넘도록 사는 것이 그림이 된 공간이다. 직장에서 어떤 문제가 있는지, 집안에 어떤 고민이 있는지, 오늘 기분은 어떤지, 우리는 인생과 마주한다. 지유 선생님은 여고 동창들과 전주한옥마을에 다녀왔다며 핸드폰 사진을 꺼내 보였다. 예쁘게 한복 입고 가을 여자가 되어 있었다. 큰딸 둘째 딸 근황도 보여줬다. 나는 병원 로비에서 시 낭송 콘서트에 남편과 듀엣으로 참여한 얘기를 했다. 녹

당신에게 멈추는 시간을 선물합니다

화영상을 함께 보며 그날의 흥분을 다시 느껴본다. 큰아들 상민이가 미국 실리콘밸리에서 취업했다고 자랑했다. 둘째 아들 주현이 근황도 전했다. 놀기 좋아하는 대학생, 이제 공부가 재밌어졌다는 행복한 소식을 전했다. 아직 어린 아들 딸을 둔 그림 선생님에게 인생 선배가 되기도 한다.

아직 팔레트에 물감도 짜지 않았는데, 벌써 11시 30분. "오늘 그림 안 그릴 겁니까!" 먼저 한마디 던졌다. 그림 안 그려도 행복하다며 지유 선생님이 앞치마를 걸치고 붓을 들었다. 나도 파란색과 노란색 섞어 녹색을 만들었다. 화분에 심어진 잎에 생명을 부여하고 싶다. 그림 선생님 붓이 쓱 지나가면 이파리가 몇 개가 완성된다. 나는 여러 번 덧칠해야 한다. 풍경을 스케치하고 여러 색을 섞어 맞는 색깔을 찾는다. 나의 인생을 스케치하고 색깔을 입혀가는 과정이기도 하다. 숨바꼭질하듯 나의 본심을 찾아본다. 간절히 원하는 게 무엇인지, 그런 삶을 살고 있는지, 질문하는 시간이다.

[라이팅 코치 3기 수료식 및 2024년 비전 선포식]이 대구에서 열린다. 고민 끝에 연차를 냈다. 대낮에 맑은 날씨를 온몸으로 느끼며 창원중앙역에 도착했다. 커피점을 그냥 지나칠 수 없었다. 따뜻한 아메리카노 한 잔과 도넛 한 개를 샀다. 동대구역으로 가는 KTX 기차 안에서 커피를 한 모금씩 마셔가며 여유롭게 창밖을 구경했다. 가을에서 겨울로 넘어가는 계절. 붉게 물든 단풍잎이 낙엽이 되어 뒹굴뒹굴한다. 산이 갈색으로 변해가고 있다. 2021년 6월부터 글쓰기 수업을 들었다. 2년이 넘었다. 공저 3권을 내고 어쩌다 작가가 되었다. 라이팅 코치 2기 과정을 수

료했다. 수료식 날 글로서 가치를 빛내고 싶다고 당당하게 말했던 기억이 떠올랐다. 지난밤에도 글을 쓰다가 잠들었다. 가치를 만들어 간다는 것은 쉬운 일은 아니었다. 각지에서 다양하게 활동하는 글쓰기 코치를 만났다. 작가와 글쓰기 코치로 또 하나의 공동체에서 살아간다는 게 뿌듯했다.

내가 간호사로 한 직장을 30여 년 다니며 살아갈 수 있었던 것은, 끌리는 것에 마음을 내고 틈을 만들었기 때문이다. 한 공간에서 경계를 만들고 살았더라면 시들었을지 모른다. 넘나들 수 있는 공간이 다양할수록 삶의 에너지는 강해진다. 하고 싶고 되고 싶은 게 많아졌다. 내 안에 있는 다양성을 인정하기로 했다. '직장인으로서 나'와 '하고 싶은 나' 둘 다 인정한다. 상황에 따라 우위가 바뀔 때도 있다. 행복한 감정으로 일할 수 있도록 에너지 만들고, 행복한 공간으로 가기 위해 에너지를 기꺼이 소비한다. 그림 그리기와 글쓰기는, 나를 지속시키는 힘이다.

4-9.
사진과 글쓰기

정은정

　　2020년 2월. 고등학교를 졸업한 지 20년 만에 만난 우리는 직업이나 경제 형편, 기혼, 미혼 등을 따지지 않고 그 시절 내가 되어 어울렸다.

　"이야, 은정아, 너는 어쩜 그때랑 똑같냐."

　"에이 무슨 말씀이세요. 가까이서 보면 주름이 자글자글해요."

　"그 정도면 선방했지. 우리가 벌써 40대야. A가 너를 혼낼 때마다 내가 네 편 들어줬던 거 알지?"

　"그럼요, 그때 선배는 제게 방패였어요."

　그날 행사 주인공은 윤해준 선생님이다. 우리는 선생님의 30년 교직 생활 피날레(Finale)를 위해 퇴임식을 준비했다. 1991년 입학생인 40대 선배부터 2019년에 입학 한 10대 후배까지 모두 모여 단체 채팅방을 만들었다. 행사장, 식사, 기념품, 이동 차량 등에 대해 의견을 나누고 십시일반 회비를 모았다. 서울,

대전, 대구, 부산, 수원, 경주, 구미 등 전국 각지에서 모인 우리는 설렘과 기쁨을 나누느라 선생님은 뒷전이었다. 그런 모습마저 기특하다는 듯 사랑의 눈으로 지켜보시는 분이니 감사할 따름이다.

우리가 그 시절에 멈출 수 있었던 것은 모두 선생님 덕분이다. 우리는 창원 경일고등학교 방송부(KIBS)다. 토요일에도 수업하던 때였다. 매월 넷째 주에는 'CA 전일제'라는 이름으로 종일 동아리 활동을 했다. 3월 첫 활동일. 선생님은 우리를 데리고 방송 취재 활동이라는 명목으로 삼랑진 낙동강 유역의 모래밭으로 갔다. 점심 메뉴는 삼겹살 구이다. 준비해 간 휴대용 버너에 불을 켜고 프라이팬에 삼겹살을 올렸다. 바람이 불 때마다 모래가 날려 고기인지 모래인지 구분이 안 되었지만 그래도 맛있었다. 딸기가 한창일 때라 인근 하우스 농가에서 딸기를 사 씻지도 않고 허겁지겁 먹었던 기억도 난다.

선생님은 우리를 사진으로 남겼다. 하하 호호 웃으며 장난치는 모습도, 어른 흉내 내며 화장한 어색하기 짝이 없는 내 얼굴도 모두 찍었다. 계곡, 바다, 놀이공원, 불국사에서의 열일곱, 열여덟, 열아홉 살 우리가 사진으로 남았다. 선생님 덕분에 40대가 된 나는 그 시절에 멈춘 우리를 만날 수 있었다.

선생님 사진에는 27살 나와 28살 남편도 있다. 결혼식을 앞두고 인사를 드리러 갔을 때였다. 가까운 바닷가로 자리를 옮겨 저녁을 먹었다. 그리고 여지없이 카메라를 꺼내셨다. 바다를 배경으로 찍어 주신 사진 속 우리는 풋풋하기 그지없다. 37살 나도 있다. 선생님이 심근경색으로 병원에 입원했다는 소식을 들고 병문안을 갔을 때였다. 시술은 성공적으로 마쳤으나 회복 중이라 몰골이 말이 아니었다. 선생님은 침상에 누워 나를 찍었다. 전문가용 카메라가 아니라 휴대전화 카메라로 찍은 게 차이라면 차이다. 40살 나는 금오산 도립공원 주차장에서 찍혔다. 지나는 길에 구미에 들러 함께 식사했던 날이다. 주차장에 주차하고 접이식 의자를 편 뒤 드립커피를 내려 주셨다.(그때나 지금이나 선생님 차에는 없는 게 없다) 카페보다 주차장이 더 낭만적일 수 있다는 것을 처음 알았다. 순간의 멈춤을 사진으로 남기던 선생님은 퇴직 후 사진작가로 데뷔하셨다. 음악 교사답게 '음악을 사진으로 보다.'라는 주제로 관악기와 사람을 담은 전시회 [소리내어 보다]를 열었다.

휴대전화에 카메라 기능이 탑재되었다. 화소는 나날이 높아졌고 촬영지원 기능은 정교해졌다. 덕분에 사진을 쉽게 찍을 수 있었다. 남편과 연애하던 20대 내가 휴대전화 사진첩에 기록으로 남았다. 첫 여행지였던 감포 바다부터 속리산 국립공원 잔디밭, 문경새재, 1월 1일 해돋이를 보러 갔던 포항 호미곶까지 모두 남편과 함께였다. 아이를 낳고는 내 사진보다는 아이 사진을 주로 찍었다. 뒤집기를 하려고 용쓰는 모습부터 뻥튀기를 머리에 뒤집어쓴 모습, 한창 공주님 놀이에 빠져 왕관을 쓰고 요술봉을 들고 외출에 나서던 모습과 한여름에 겨울 패딩을 꺼내 입고 울며 등원하는 모습까지 모두 남았다.

아이 사진을 보다 보니 50대 젊은 친정엄마가 보인다. 어느덧 60대 후반 노인이 되어 양쪽 무릎에 인공 관절 수술을 한 우리 엄마. 사진 속 엄마는 아이를 안고 공원을 산책하고 있다. 엄마의 두 다리는 튼튼했다. 5월이었다. 더워지기 시작해 유모차에 휴대용 선풍기를 달았다. 유모차를 끌고 지나가니 좌판을 펴고 채소 장사를 하던 할머니들이 '요즘 유모차에는 선풍기도 달려 있네. 좋은 세상이다.'라고 했던 기억이 난다. 친정엄마 사진이 더 있는지 뒤져본다. 교통사고를 당하기 전 영화배우 뺨칠 정도로 잘 생겼던 아빠도 있다. 역시 양물래기(경북 김천시 황금동의 마을) 인물 좋은 집 장남답다. 사고로 얼굴에 큰 흉이 생겼지만 역시나 우리 아빠는 멋지다. 작년에 돌아가신 할머니와 찍은 사진을 보니 울컥한다. 눈물 바람에 사진 들춰 보기를 멈췄다. 사진은 상황과 감정을 생생하게 떠오르게 한다. 사진으로 멈춤을 기록하고, 멈추는 동안 사진을 보며 그때를 떠올린다. 다음에 친정에 가면 엄마, 아빠 사진을 더 찍어둬야겠다.

43살 나는 글쓰기로 멈춤을 기록한다. 짧든 길든 글로 표현하고 남기려 애쓴다. 연필의 사각사각 소리가 좋아 일기장이나 공책에 쓰는 것을 즐겼다. 요즘은 블로그에 남기려 한다. 시간이나 장소가 여의찮으면 휴대전화 메모 앱에 끄적인다. 글쓰기를 통해 멈춤의 묘미를 느끼는 중이다.

서울대학교병원 정신건강의학과 윤대현 교수는 마음에 피로가 쌓이면 부정적인 생각이 들기 마련인데, 이를 예방하기 위해 작은 쉼(Minor Break)을 자주 가져야 한다고 했다. 짧은 시간 멈춤을 활용해 상황에서 빠져나와 환기해야 한다는 것이다. 그 시간에 무엇을 할지는 자신이 정해야 한다. 다도나 요가, 스트레칭, 음악 감상 무엇이든 괜찮다. 나는 책을 읽고 글을 쓴다. 읽고 쓰는 것은 멈춤을 즐기는 동시에 성장의 기쁨을 맛보게 한다.

자신에게 멈춤을 선물하자. 멈춤을 어떻게 이용하든 자신에게 이롭게 사용하면 그만이다. 멈추면 삶이 풍요롭다. 사랑하던 사람이 떠올라 반갑고 사랑받던 기억에 가슴 벅차 행복하다. 지금을 사는 내게 멈춤은 과거와 미래가 만나는 시간이다. 쉼이자 성장이다. 멈춤을 즐기는 당신이 되기를 바란다.

4-10.
내 마음에 찾아오는 고요함

--- 조보라 ---

하루 종일 발을 동동거리며 사무실에서 업무를 해낸다. 퇴근 시간이 훌쩍 지났지만, 다 소화하지 못한, 여전히 수북이 쌓인 업무들을 한 편에 남겨둔 채 집으로 돌아온다. 밖에서 에너지를 탈탈 털어 쓴 탓에 집에 돌아오면 녹초가 돼서 가만히 누워만 있고 싶다. 하지만 집에 와서도 아이들 식사와 공부 챙기기, 설거지, 빨래 등 집안일이 기다리고 있다. 직장 일도, 집안일도 매일 허덕이며 하고 있다는 느낌이 종종 찾아온다.

빨리 달리는 열차에 실려 가는 느낌이다. 어디론가 빠르게 달려가고는 있는데, 어디로 가는 건지, 가는 길이 맞는 걸까. 이 열차를 어떻게 멈추게 해야 할지, 내릴 수는 있는 건지도 잘 모르겠다. 점점 사회는 더 치열해지고 빠르게 돌아간다. 대학 입시가 가장 큰 인생의 고비일 것 같았는데, 지나고 보니 그건 아주 작은 일에 지나지 않았다. 졸업 후 취업, 직장에서 생존, 결혼, 출산, 자녀 양육, 자녀 학업과 독립, 부모 부양까지 연속으로 넘어야 할 산이 많다.

우리는 달리는 기차를 잠시 세워 정차하는 시간이 필요하다. 가던 길을 멈추고, 내가 가야 하는 길과 방향을 다시 한번 확인한다. 내가 있는 곳이 어디 인지, 어떤 상태인지 한번 돌아본다. 계속 달리기만 하면 보이지 않는 것들, 놓치는 것들이 있다. 멈춰야 제대로 보게 되고 알게 된다.

일상 속 멈추는 시간을 어떻게 선물할 수 있을까?

첫째, 책을 읽는 시간을 통해 멈춤의 시간을 갖는다. 나는 하루를 어떻게 보내면 좋을까? 고민했다. 하루를 시작하는 아침에 가장 소중한 것을 먼저 하기로 했다. 잠시 멈춤의 시간을 갖는 것이다. 나는 성경 읽기를 먼저 하기로 했다. 아침에 눈을 뜨면, 출근 준비를 부리나케 하고 정신없이 하루가 시작되면, 성경읽기는 어느새 뒷전이고 집에 돌아오면 피곤하다는 핑계로 그냥자기 일쑤다. 중요하다고만 생각하고, 실제로 하지 못하면서 살아가게 되는 것이다.

중요한 우선순위에 둔 일은 하루 첫 시간에 하는 것이 좋다. 다른 일로 마음이 분주해지고, 몸이 바빠지기 전에 첫 시간을 내는 것이다. 중요한 일을 먼저 하지 않으면 급하게 처리해야 할 일들이 밀려 들어와 어느새 자리를 차지해 버리고 만다. 불쑥불쑥 찾아오는 일들, 예상치 못한 일들이 우리의 틈을 계속 노린다. 결국, 헉헉거리면서 하루를 보내게 된다. 당신에게 가장 소중한 것은 무엇인가? 그 시간을 확보하는 게 중요하다. 그 시간은 마음을 조율하고 정돈하는 시간이다. 다른 어떤 것에도 방해받지 않고, 고요한 시간 속에 지혜를 얻는 시간이다.

둘째, 걷기를 통해 멈춤의 시간을 갖는다. 그동안, 편리한 길, 쉬운 길, 빠른 길만 찾아다녔다. 가능한 지하철 환승이 쉬운 위치를 찾았다. 최단 경로로 이동했다. 이제는 다른 삶의 방식을 적용해 보려고 한다. 느리게 가 보기로 말이다. 출근길에, 지하철 한 정류장 먼저 내려서 걷는다. 퇴근길에도 지하철 두 정류장을 걸어가서 탑승한다. 걸으면서 자꾸 멈춘다. 하늘 쳐다보고 예쁜 꽃과 풀을 보기도 한다. 송충이와 나비를 발견해서, 고추가 익어서, 벼가 노랗게 물들어서, 여러 이유로 걸음을 자꾸 멈춘다. 그 예쁜 순간을 사진에 담아본다.

얼마 전, 저녁에 걸으려고 집을 나서자, 열 살 아들이 함께 걷겠다고 따라나섰다. 늦은 시간이지만 아들이 옆에서 함께 걸으니 든든했다. 걷다가 자꾸 멈춰서 꽃, 풀, 나무, 하늘, 달, 구름 사진을 찍었다. 아들은 왜 자꾸 멈추냐고, 도대체 언제 걷는 거냐고 묻는다.

아들이 다섯 살 때, 어린이집 등원시키러 가는 길이 생각났다. 10분도 되지 않는 거리였는데, 아들과 가려면 20~30분이 걸렸다. 그때, 아들이 가다 멈추어 서서 "엄마 이것 좀 봐봐." 하면서 길가에 핀 꽃을 보여주었다. 특히 강아지라도 만나면 강아지와 한창 이야기하고 말을 걸면서 놀았다. 비가 오는 날은 길가에 생긴 물웅덩이를 그냥 지나치지 않고 하나씩 밟으면서 갔다. 아들이 어릴 때는 길을 걷다가 멈춰 서는 아들에게 빨리 좀 가라고 채근했었다. 이제는 반대가 되었다. 어린아이처럼 내 마음이 순수해진 걸까.

그때는 마음에 여유가 없었다. 빨리 가자고 서두를 때가 많았다. 지금 다시 그 시간으로 돌아간다면 아들과 한참 꽃을 들여다

당신에게 멈추는 시간을 선물합니다

보면서 이야기를 나눌 수 있을 것 같다. 지나가다 만나는 아름다운 것에 시선을 멈추고, 잠시 들여다보는 여유.

하늘과 구름을 좋아한다. 하늘과 구름을 사진에 담으며 위로받는다. 하늘은 한낮에, 해가 질 때, 달이 뜰 때, 푸른 빛에서 핑크 빛, 짙은 회색 빛에 이르기까지 색색의 모습을 보여준다. 구름도 흘러가며 각양각색의 모습을 보여준다.

하늘과 구름이 아름다운 이유는 시시각각 변하기에 아름다움이 있지 않을까? 나도 내 변화하는 모습을 인정하기로 했다. 나만의 아름다움을 발견해 나가는 것이 중요하다. 하늘과 구름을 보는 걷기를 계속해 보려고 한다.

셋째, 손 글씨를 쓰며 멈춤의 시간을 보낸다. 글을 읽고 좋은 문장에 밑줄을 긋는다. 그 문장을 펜을 들고 종이에 옮겨 적는다. 좀 더 시간이 여유로울 때는 붓과 화선지를 사용해서 문장을 쓰기도 한다. 자판으로 치는 것뿐만 아니라 아날로그식 감성, 손 글씨 쓰기는 멈춤의 시간이 된다. 글자를 쓴다는 건 내 마음에 새기는 작업이다. 시각, 촉각을 사용하는 시간이다. 흰 종이 위에 글씨가 사각사각 써지는 느낌을 피부로 느낀다. 글씨를 써 내려가면서 눈으로 그 글씨를 본다. 쓴 문장을 소리 내어 읽는다면 우리의 청각까지 감각이 살아날 것이다. 그렇게 여러 가지 감각을 열어 나에게 집중해 본다.

글씨를 쓰는데 엄청난 준비물이 필요하지 않다. 그저 펜 하나, 공책 한 권만 있으면 된다. '제 글씨는 예쁘지 않은걸요?'라고 말하는 사람들을 만난다. 걱정할 필요는 없다. 예쁘다는 정의는 도대체 누가 내린 것인가? 자신만의 글씨는 누구도 흉내 낼 수 없는 자신만의 것이다. 그것만으로도 소중하고 아름답다.

멈춤의 시간은 우리의 삶에 꼭 필요하다. 내 마음과 생각에 오롯이 집중하는 시간 말이다. 바이올린 연주자도 연주 전에 바이올린을 조율하는 시간을 갖는다. 바이올린을 튜닝하지 않고 연주하면 어떤가? 아무리 좋은 곡이라도 맞지 않는 소리라면 우리의 귀를 괴롭힐 것이다. 바이올린이 튜닝 후 아름다운 연주를 할수 있듯이, 우리도 우리의 인생을 조율하는 시간이 필요하다. 조율 시간을 통해 삶의 목적에 초점을 맞춘다.

당신만의 조율 시간이 있는가? 바쁜 일상에서 멈추는 시간을 꼭 챙기려고 한다. 오늘도 나는 읽고 걷고, 쓰는 멈추는 시간을 오롯이 선물한다. 나를 살리는 시간이다.

마치는 글

글빛현주

머릿속이 시끄러울 땐 만사가 귀찮았다. 억지로 잠을 잤다. 실컷 자고 일어나도 복잡한 마음은 쉽게 가라앉지 않았다. 도돌이표처럼 다시 제 자리로 갔다. 좁은 시선으로 앞만 보고 달렸다. 정신없이 바쁘게 살아야 잘 산다고 생각했다. 나이가 들면 자연스럽게 여유가 생기고 좋은 기회도 생길 거라 믿었다. 과거는 아쉽고, 미래는 불안했다. 지금의 나를 돌보지 않았다.

'멈춤' 안대를 쓰고 숨어있는 사람을 찾아야 하는 느낌이었다. 주제가 어려웠다. 갈피를 못 잡고 끄적거리기를 며칠. 문득 마음의 여유를 찾고 싶을 때 습관처럼 하는 일들이 떠올랐다. 의식하지 않고 했던 순간의 멈춤들. 5분 명상, 긍정 확언, 시선 돌리기, 나에게 질문하기, 청소하기 등. 이런 멈춤은 바쁜 일상 중에 충전할 기회가 되었다. 반복하며 천천히 숨 고르기를 했다. 하루를 정리하고 나를 돌볼 수 있었다. 짧은 시간의 멈춤으로 배울 수 있었다. 마음이 편안해지고, 머리도 맑아졌다. 걱정과 불안도 줄었다. 정신없는 하루, 틈을 만들어 나를 쉬게 하는 시간 '멈춤'은 새로운 출발점이 되었다.

김윤정

비가 억수같이 내리던 여름날, 우산도 없이 교문 앞에 나갔다. 친구들 부모님은 마중 나와 있었지만, 나를 기다리는 사람은 아무도 없었다. 무작정 집으로 걸었다. 교복과 책가방이 비에 흠뻑 젖어 물들었고, 내 눈에선 빗물인지 눈물인지 모를 물방울이 흘렀다. 희망이라는 단어는 책에서만 사용된다고 여겼다. 어른이 되어도 내가 바라던 일상들은 계속 벽에 부딪히기만 했다. 가난, 결핵, 임파선염증, 경력 단절 등 내 삶은 온통 까만색 무지개였다. 세상은 나를 어둠 속에 가둔다고만 생각하고 지냈다.

글을 쓰기 위해 펜을 들었을 때, 지난날 어둡기만 했던 멈춤의 시간은 또 다른 이야기의 시작이 되었다. 나는 그동안 타인들의 따가운 시선을 견뎠고, 결핵과 임파선염증, 경력 단절의 시간을 버티고 나왔다. 고통스러웠던 과거의 멈춤은 앞으로 나아가는 힘을 기르게 하고 있었다. 그리고 무엇보다 제일 중요한 것은 나 자신이 과거를 바라보는 다른 시선을 가지게 되었다는 점이다. 이제 과거의 까만 무지개를 벗어나 새롭게 희망과 용기라는 단어로 색색이 칠하는 중이다.

김효진

살아가면서 했던 '멈춤'에 대한 생각들은 나의 과거를 떠오르게 했다. 지난날, 아무런 생각 없이 살아온 나를 글에 담아내고 있

당신에게 멈추는 시간을 선물합니다

자니 내내 두려움과 불편함이 가득했다. 하지만 두려움 따윈 멈춘다. 계속해서 글을 쓰며 내 안의 생각과 감정이 정돈된다, 마음이 평온해지며, 더 나은 나를 향한 한 발짝을 내디딘다.

많은 사람은 시간의 흐름 속에서 끊임없이 달려가며 자신을 잃어버리곤 한다. 멈춤의 순간은 깊은 숨을 쉬는 시간이며, 더 높이 날아오를 수 있게 해 주고, 삶의 깊이를 더해준다. 텅 빈 시간이 아니라, 새로운 가능성을 발견하는 가득 찬 시간이다. 그러기에 잠시 멈추는 시간을 기다리는 것도, 그 순간을 즐기는 것도 중요하다. 삶의 여유와 아름다움이다.

이 글을 읽는 모든 분이 더 행복해지길 바란다. 각자의 멈춤이 행복의 씨앗으로 자라나서, 삶이 아름답게 변했으면 좋겠다. 멈추는 순간 자신에게 주어진 소중한 선물을 잊지 않고, 하루하루가 감사하고 행복한 순간임을 알았으면 더욱 좋겠다.

백란현

자이언트 공저에 참여할 때마다 주제 난도가 높아진다. '멘탈'에 관한 글을 쓸 때도 '오늘'에 대한 공저 두 권 낼 때도 첫 문장 쓰기 어려웠다. '멈춤'에 관한 내용은 그동안 만났던 주제를 합친 것처럼 어렵게 다가왔다. 한 번도 생각해 본 적 없었다. 학창 시절부터 지금까지 항상 바빴다. 바빠서 바쁘다고 하는 건지, 바쁘다는 표현 때문에 분주한 건지 구분하기 어려웠다. 바쁘면서 또 할 일을 만드는 내 모습도 보인다. 어쩌면 바빴던 이유가 인정의 욕구 때문이지 않았을까 생각해 본다. '멈춤' 주제에 대해 고민하면서 삶을 돌아본다. 잠시 쉬어가도 괜찮다. 일 처리 완벽하게 하면서 한숨 쉬기보다는 중간에 머리도 식히고 나를 위한 산책도 즐기자고 마음먹는다. 세상에서 가장 소중한 사람은 나니까. 나에게 전화하는 지인들은 "바쁜 사람한테 연락해서 미안하다."라는 말부터 꺼낸다. 내가 '멈춤'이 귀하다는 점을 알았으니, 지인들에게 편안하게 전화해도 된다고 말하고 싶다. 소중한 사람과의 통화는 멈추는 시간이다. 책을 쓰면서 멈추는 시간이 소중하다는 점 알게 되었다. 내가 쓴 책이 나를 이끌어간다. 쓰면 삶도 달라진다.

서영식

공저를 쓰면서 멈추는 시간의 의미를 다시 생각하게 되었다. 새로운 일을 배우기 위해서 멈추는 것은 성장을 위한 기회가 된다. 직장에서 다양한 경험을 했다. 팀이 바뀌고 새로운 업무를 배웠다. 변화하는 상황에 적응하기 위해 멈췄다. 배우고 성장할 수 있었다. 세상은 빠르게 움직인다. 주위를 보면 모두 바쁘게 살아간다. 나도 멈추지 않고 정신없이 앞만 보고 달렸다. 이젠 매일 멈추는 시간을 가진다. 아침에 출근해서, 점심때 글을 쓰면서, 밤에 잠들기 전, 의도적으로 멈춘다. 글을 쓰기 위해 생각한다. 나를 위해 멈추는 시간이다. 마음, 할 일, 하고 싶은 일을 글로 정리하면서 스스로 충전이 된다. 멈추는 시간은 도약할 힘이 된다. 글을 쓰기 전엔 멈추면 안 된다고 생각했다. 바쁘게 계속 움직여야 한다는 압박이 있었다. 나를 돌아보고 일상에서 다른 경험을 하는 시간이 필요하다는 것을 알게 되었다. 집중하기 위해 멈추는 시간도 중요하다. 문제가 잘 안 풀릴 때 멈추고 다른 관점으로 보면 해결이 되기도 한다. 일할 때 중간 점검하는 것처럼 인생도 멈춰서 생각하는 순간이 더 좋은 결과를 만들 수 있다.

송슬기

멈추어야 제대로 볼 수 있다는 책이 많습니다. 읽으면서 머리로는 이해했지만, 가슴 깊이 와닿은 적 없었습니다. 멈추면서 생각해야 했습니다. 내가 제대로 살고 있는가에 대한 불안한 마음이 들어 그동안은 회피하며 살아온 지난날을 돌아보게 되더군요.

멈추지 않을 때는 몰랐습니다. 쓰고 나서야 제대로 볼 수 있었습니다. 왜 멈춰야 하는지, 멈추고 나서 어떻게 변했는지, 멈추는 게 왜 필요한지 비로소 알게 되었습니다. 멈추고 난 후 작은 감사와 만족도 생깁니다.

글을 쓸 때, 여러 번의 퇴고를 거칩니다. 한 번에 완성되는 글은 없습니다. 멈추었다 쓰기를 반복하면 글이 점점 좋아집니다. 삶도 다르지 않다는 생각이 듭니다. 멈추어 생각해 봅니다. 처음부터 완벽하지 않은 삶이라도 괜찮습니다. 부족함을 채우고 과한 부분을 덜어내 깊이를 더한다면 점점 나아질 것이라는 생각이 듭니다.

장미연

"당신은, 당신을 아낄 수 있어야 한다." 김수현 작가의 『애쓰지 않고 편안하게』의 한 구절이다. 부담 없이 편안하게 볼 수 있는 책이라 가끔 지인들에게 선물한다. 멈춤에 관한 글 쓰며 다시 들추어 보았다. 살면서 하고 싶은 것만 하며 사는 사람 얼마나 될까.

'관성의 법칙'은 삶의 방식에도 그대로 적용된다. 이것만 끝내면 쉬려고, 내려놓으려고 하지만 달리는 자동차 안에 있는 것과 같다. 여러 상황과 문제 떠올리면 나를 위해 잠깐의 쉼도 허락하기 쉽지 않다.

액셀 밟고 가다 신호등 보이면 브레이크 밟을 준비를 해야 한다. 그래야 빨간 불에 부드럽게 멈출 수 있다. 적당한 타이밍에 멈추고 서서히 출발해야 한다. 그래야 먼 길 안전하고 편하게 갈 수 있다. 아무 생각 없이 가다 급정거하면, 운전자와 자동차 모두 충격받는다. 신호를 지나쳐 멈추지 못해 사고라도 나면 큰일이다. 사람도 마찬가지다. 의식하지 않으면 몸과 마음의 신호 무시하기 쉽다. 예민하게 알아차리고 스스로 아낄 수 있는 여유와 기회 얻어 보면 좋겠다. 그래야 원하는 인생 목적지에 안전하게 도착할 수 있다.

장춘선

창동예술촌으로 가는 토요일. 기분 좋게 은행나무 가로수길을 달렸다. 은행잎 여럿이 날아와 자동차 앞면 유리를 스친다. 아직 나무에 붙어있는 노란 잎이 팔랑이며 햇볕에 비쳐 눈부시다. 뻗어 나간 나뭇가지를 보면 일의 핵심을 찾은 듯 행복하다. 나무줄기가 어디쯤에서 뻗어 나갔지? 몇 년 전 나뭇가지를 그리다 멈추고 거리에 나가본 적 있다. 그림은 관찰이 먼저였다. 겉만 보고 살았던 민낯을 들켜버렸다. 그날 이후 나무를 관찰하는 습관이 생겼다. 분기점이 뭉툭하다. 휘어져 방향을 틀었고 여러 가닥으로 나뉘었다. 나름의 상황이 있을 터다, 햇볕을 잘 받기 위해서 일 수 있고, 나무의 특성일 수도 있다. 삶도 조망권이 있다. 어디서 보느냐, 어떤 관점으로 보느냐, 멈추고 관찰할수록 내가 원하는 지도를 찾을 수 있다. 숱한 갈림길에서 애쓴 흔적이 남는다. 이번 공저 글을 쓰면서 멈춤이 심했다. 무엇을 써야 할지, 어

당신에게 멈추는 시간을 선물합니다

떻게 써야 할지 갈등했다. 그러다 작가로서 한 가지를 뻗어냈다. 뭉툭하게 못난 가지가 될지도 모르겠다. 하지만 새로운 길을 열어줄 기회가 되리라 믿는다.

정은정

첫 번째 공저 『인생은 습관이 전부다』를 읽은 지인에게 연락이 왔다. "작가님, 정말 부지런히 사셨네요. 그런데 숨차지 않으셨어요?" 가쁜 숨을 몰아쉬기 바빴던 때가 있었다. 나 자신을 돌볼 겨를도, 주변 사람을 챙길 여유도 없던 시절이었다. 인생을 마라톤에 비유하기도 하는데 나는 매 순간 100M 달리기하는 심정으로 살았다. 아이를 낳고 휴직했다. 남보다 뒤처질 것 같다는 생각에 화가 났다. 육아가 즐겁지 않았다. 매일 해치워야 하는 일쯤으로 생각하며 버텼다. 다행히 적절한 시점에 멈춤의 필요를 깨달았다. 관점을 바꾸니 시간 낭비로 여겨졌던 하루가 내 생의 가장 의미 있는 시간이 되었다. 지쳐있던 나와 남편은 웃음을 되찾았다. 한심해 보이던 사춘기 아들의 일상도 받아들이게 되었다. 그렇게 매일 멈춤으로 행복을 쌓는다. 멈춤의 의미를 모르고 안달복달했던 나를 사랑으로 감싸준 남편과 아들, 딸에게 고마움을 전한다. 그리고 나의 멈춤을 기록으로 남겨주시고 조언을 아끼지 않으신 윤해준 선생님께 깊은 감사와 사랑, 존경을 보낸다.

조보라

'멈추는 시간을 선물합니다' 주제는 나를 설레게 했다. 근사한 주제 같았다. 설렘도 잠시, 걱정으로 바뀌었다. 잘 멈추지 못하는 내가 무슨 말을 할 수 있을까? 지난 시간, 숨 가쁘게 달려왔다.

일 벌이고 일 몰고 다닌다는 이야기를 들으면서 말이다. 일중독인가 자문하며 어떻게 멈춰야 하나 고민하게 됐다. 일을 좋아하면서도 내 삶을 지키는 비결을 찾았다. 바로 멈추는 시간을 선물하는 것이다. 일에 몰입하다가도 멈춰 서서 꼭 필요한 것이 무엇인지, 중요한 것을 놓치지는 않는지 사색하는 시간을 가지는 것이다. 그 시간을 통해 내가 있어야 할, 나만의 자리를 찾아가고 있다.

어느 동료로부터 받은 편지 일부를 나눈다. '과하다고 놀렸지만, 조보라가 가진 그 열정과 사람을 사랑하는 마음이 무척 보기좋았어요. 일을 좋아하는 사람은 사람에게 차갑고 정이 없을 것이라는 편견이 있었답니다. 그런데 참 정도 많고 눈물도 많더이다.' 일을 좋아하면서도 사람을 사랑하는 삶을 살고 싶다. 뜨거운 열정이 있되, 멈추는 지혜로움을 가진 사람이라면 가능하지않을까. 내가 그런 사람이기를.